隣の席の佐藤さん2

森崎緩

一二三文庫

この物語はフィクションです。
実在の人物、団体等とは一切関係がありません。

目次

▼ミスキャストな佐藤さん

高校生活最後の一年も、気がつけば折り返し地点を過ぎていた。

僕の日常はおおむね平穏で楽しい。受験勉強はまあまあ順調だし、予備校で受けた模試の結果も悪くはなかった。クラスの雰囲気も卒業を意識してか団結ムードで、来月には文化祭が控えているとあって、十月のうちからずいぶんと盛り上がっている。

「最後の文化祭だし、ステージでお芝居とかよくね？」

ホームルームでそう言い出したのはお調子者の新嶋（にいじま）で、

「やっぱわかりやすくてハッピーエンドがいいよね、シンデレラとか！」

演目を提案したのはいつも朗らかな斉木（さいき）さんだった。

高校生にもなってお芝居なんて、と内心引いていたのは僕だけだったのかもしれない。クラスはあっという間に団結して、あれよあれよという間に文化祭でシンデレラを演じることが決まってしまった。

ただ実際のところ、僕も反対はしなかった。

なぜなら、

「シンデレラって素敵なお話だよね。やっぱりドレスも着るのかな？　着飾るところ見てみたいかも！」

佐藤さんがこの件に好意的な反応を見せていたからだ。子供みたいに目を輝かせて見たい見たいと言っていて、それが正直、ちょっとかわいかった。

だから、彼女がいいなら僕もいいか、くらいの気持ちで賛成に票を投じた。


ところで、僕はくじ運がよくない。

C組は席替えも全部くじで決めていたけど、これで自分の希望どおりの席になれたことなんてない。去年はそれで『地味でとろくて気が利かない子』の隣の席になってしまったし、今はその子と隣がいいのにすっかり遠く離されてしまった。

そして出し物を決める時はあんなに盛り上がっていたクラスメイトたちも、いざ配役となるとなかなか立候補が出ない。大道具や小道具、照明に音響といった裏方ばかりが大人気で、ステージに立って演じる役は誰もやりたがらなかった。かく言う僕も人前でお芝居なんて格好悪いし、できれば裏方がいいなと思っていた。

やる気もないくせに不純な動機で賛成票を入れた罰なんだろう。

僕が引いたくじはよりにもよって、ハツカネズミの役だった。

「嫌だ、やりたくない……」

くじ引きを終え、自分の席に戻った僕は頭を抱えた。

ハツカネズミはシンデレラの家の台所でネズミ捕りに引っかかり、魔法で馬にされてしまう。どっちにしても動物にしかしてもらえない、とんだネタキャラだ。

劇中ではこのネズミから馬への変身を、被り物ひとつで表現することになっている。ネズミ耳から馬の被り物へと付け替えることで魔法使いの魔法のすごさを見せつける、というシーンなのだそうだ。

そして被り物の下、身体には全身タイツを着ることが義務づけられている——全身タイツって。僕の好きな子も見るんだぞ。誰がそんなものやりたいって言うんだ。

「山口（やまぐち）くん、元気ないね」

失意のまま突っ伏していた僕の耳に、当の好きな子の声が聞こえた。

とっさに顔を上げると、佐藤さんが僕の席の横に立ち、少し心配そうに僕を見下ろしている。

そして佐藤さんの肩越しには教壇の前に集うクラスメイトたちの背中が見えた。教室内は今もくじ引きで盛り上がっている。シンデレラや王子様など、主役級の配役が決まっていないということで、まだくじを引いていない連中が囃（はや）し立てられている。

何引いたってもうハツカネズミは出ないんだから心配しなくてもいいのにな。

「そりゃそうだよ」

僕はため息をついて佐藤さんに答えた。

「あんな役、誰が好き好んでやりたがるんだ。もっと違う役がよかった」

「そうだったんだ。どの役がやりたかったの？」

佐藤さんは優しいまなざしで、じっとこちらを見下ろしている。慰めてくれようとしているのが何も言われないうちからわかる。

その心づかいがうれしい反面、情けなさに拍車がかかる。

「やるなら裏方がよかったな」

彼女以外は誰も聞いていないのをいいことに、僕は愚痴を零してみた。

「ステージに上がらなくて済む役が一番いいに決まってるよ。僕もそういうのがよかったのに」

一番人気の裏方は当然、倍率も高かった。男女を問わず立候補者が相次ぎ、じゃんけんで勝った奴だけに割り振られた。

そして裏方の仕事にありつけなかった僕たちには、劇の配役を決める恐怖のくじ引きが待っていた。シンデレラにはいろんな登場人物がいる。シンデレラ、王子様、意地悪な継母と姉、魔法使い――僕はそのどれもやりたくなかった。強いて言うなら街の人とか、お城の兵隊とか、そういう失敗の目立たない、無難な役がよかった。祈りながらくじ引きに挑んだ。なのに。

「でも、ネズミって悪い役じゃないと思うな」

フォローするみたいに佐藤さんが言った。

「台本見たけど、台詞が少ないよね？　山口くんの役」

「三つだけ」

短い台詞が三つだけ、楽と言えば楽なのかもしれない。

魔法使いに魔法をかけられた時に言う『ちゅうちゅう』と『ぶるるるる』、前者はネズミの鳴き声、後者は馬に変身した後の台詞だ。ちなみに三つ目の台詞は夜十二時を回って魔法が解けた直後の『ちゅうう』というネズミの声となる。恥ずかしさで言ったら史上最悪レベルだ。

「じゃあいい役だよ。台詞をたくさん覚えなくて済むし」

「よくないよ、みんなの笑いものになるだけだ」

僕がすねると佐藤さんは一瞬俯き、だけどすぐに明るくとりなしてくる。

「大切な役じゃない。シンデレラも、山口くんがいないと舞踏会に行けないんだよ」

それはわかる。ネズミがいなければシンデレラの幸せは叶わない。

でも全身タイツを着たら、今度は僕が不幸な目に遭う。高校生活最後の文化祭で、好きな子の前で恥をかくという不幸だ。

「衣装が全身タイツって時点で嫌なんだよ」

言い切る僕を、当の『好きな子』が取り成そうとしてくる。

「ほら、山口くんはスタイルがいいから。全身タイツでもきっと似合うよ」

「そんなの似合ったってうれしくない」

「そ、そう？　でもかわいいネズミさんになれると思うなあ」

嫌だ。絶対に嫌だ。佐藤さんの前で全身タイツは着たくない。

どれほど強く思っても、配役は既に決定済みだ。黒板にはハツカネズミは山口としっかりと記されている。


そうこうしている間にも、ホームルームでは次々とくじの結果が決まっていく。

どうやらシンデレラ役を引いたのは湯川さんらしく、はにかみながら黒板に自分の名前を書いていた。

「やだもー、主役とか聞いてないから！　恥ずかしいな……」

それを聞いて僕の気分はまた沈む。

主役なんてまだ人間だし、服を着られるからいいじゃないか。こっちはネズミだ、全身タイツだぞ。

「元気出して、山口くん」

佐藤さんはそう言って、僕の肩をぽんと叩く。

「山口くんならどんな役でも、立派に努められると思うな」

「僕にネズミの役がお似合いだって思う？」

思わずそう聞き返した。

もちろん似合わないと思っていて欲しかった。佐藤さんの中の僕のイメージは、ハツカネズミなんていうネタキャラじゃなくて、もっと無難な役柄であって欲しかった。

だけど彼女は屈託なく答える。

「私がやる役よりは合ってるんじゃないかな？　山口くんは、縁の下の力持ちって感じがするもん。かぼちゃの馬車を引いて、シンデレラをお城に連れて行ってあげるの、ぴったりだと思う」

縁の下の力持ち。上手い言い回しがあったものだ。

だからといって気が楽になったということもないけど、それよりもふと疑問がよぎり、僕はふてくされるのもやめて聞き返す。

「そういえば佐藤さんもくじ引いたんだろ？　何役だった？」

とたんに彼女はもじもじして、

「えっとね、あれ……」

言葉を濁す代わりに教室の前方を指差す。

配役が列記された黒板の中に、僕は彼女の名前を探した。


佐藤さんの名前は端の方にあった。

三人の貴婦人Ａ、Ｂ、Ｃの中の、貴婦人Ｃが佐藤さんだ。


「貴婦人って、舞踏会の出席者？」

うろ覚えの僕が聞くと、彼女はぎこちなく顎を引く。

「うん。ドレスを着て舞踏会に出る役なの、おかしいよね」

お城で開かれる舞踏会に居合わせる、ドレス姿の女性たち。そのうちのひとりが彼女の役らしい。

制服の着こなしは校則遵守（こうそくじゅんしゅ）、私服も至って地味、おまけにいつもひとつ結びの佐藤さんが、貴婦人よろしくつんと澄ましてドレスを着る。お嬢様っぽい高笑いもするんだろうか。ちょっと想像できなかった。

「台詞もあるんだよ、『まあ、なんてきれいな方でしょう』って言うの」

佐藤さんは照れながら、棒読みの台詞を口にする。

「それ、どのシーンの台詞？」

「シンデレラがお城に登場した場面。私の台詞、それだけなんだ」

そう言って、彼女はくすぐったそうに首をすくめた。

「貴婦人私には全然合わないもん。私の方こそみんなに笑われちゃうかも」

そんなので笑われるわけないだろ、と思う。

僕のネズミ役に比べたらよっぽどマシだ。佐藤さんには似合わないと言い出す奴はいるかもしれないけど、それでも笑われるほどじゃない。

「まさか、大丈夫だよ」

だからそう返したら、佐藤さんは意外そうに目を瞬かせる。

それからちょっとだけ笑った。

「……ありがとう、山口くん」

ありがとうと言われるようなことをした覚えはない。僕は戸惑ったけど、それよりお礼を言うのはこちらだと気づいて、慌てて言った。

「いや、こちらこそ。励ましてくれてありがとう」

「うん」

佐藤さんが素直に頷く。

わざわざホームルーム中に駆け寄ってきて、励ましてくれるくらいには、佐藤さんと僕の距離は縮まっている。

それが今はうれしくて、僕の心の支えにもなっていた。

▼十月の佐藤さん

秋が深まるにつれ、ようやく新しい席にも慣れてきた。

僕が座っているのは佐藤さんの隣じゃない席だ。

黒板を見るふりをして、彼女の後ろ姿が眺められる席でもある。


夏休みが明けてすぐ、無情な席替えが行われた。さすがに三回連続の『隣同士』はあるはずもなく、僕と佐藤さんは離れ離れになった。今は最前列に座る佐藤さんを、後ろから二番目の席で眺めている。

わざわざ横を向かなくても姿が見えるのはいい。でも後ろ姿だけじゃつまらない。相変わらずのひとつ結びの髪を眺めつつ、変わらないなとぼやきたくなる。

高校生活も残すところ五ヶ月、だというのに佐藤さんは相変わらずだった。授業で指されるとつっかえることもあるし、体育の授業でクラスメイトの足を引っ張ることもあるし、追試で放課後に残されていたりする点も相変わらずだ。メッセージを打つのがものすごく遅いところも、服のセンスが微妙なところも、僕の言うことに対して笑ってしまうくらい鈍感なところも変わってない。

変わったのはむしろ僕の方なのかもしれない。

席替えをして隣同士じゃなくなった直後はさすがに寂しくてしょうがなかった。隣が佐藤さんじゃないというだけで、授業も休み時間もてんでつまらなくなった。だけどすぐに別のやり方を思いついた。

席が離れてしまったなら、僕から歩み寄ればいい。


昼休みが始まると、僕は佐藤さんの席に向かう。

彼女はもたもたとノートを取っていることが多い。授業中に板書を写し切れない辺りも相変わらずだ。

それでも僕が行くのをわかっていて、待っていてくれるようでもある。そこは大きな進歩だろう。

「あ、山口くん」

顔を上げた彼女が屈託のない笑顔を見せる。

佐藤さんは誰にでもこんなふうに笑いかける。それはわかっているけど、内心でつい浮かれそうになる僕がいた。

平静を装って尋ねる。

「佐藤さん、昼休み空いてる？」

「うん」

昼休みを一緒に過ごそうと誘うと、彼女は頷いてくれる。たまに斉木さんあたりと約束していることがあるから、成功率は七割ほどだ。ただ最近はクラスの女子たちも心得たもので、にやにやしながら僕に佐藤さんを譲ってくれるようになった。

僕も黙って彼女たちの厚意にあずかり、こうして約束を取りつけている。

「ちょっと待ってね、書き写しちゃうから」

もう一度、惜しみなく僕に笑いかけた後、佐藤さんは再びノートに向き合った。

僕はその間に自分の席へ戻り、お昼ご飯と自分の椅子を取ってくる。彼女の席の隣に置く。

ほんの短い間だけど、以前みたいに隣同士になれる。


僕も佐藤さんもお昼ご飯はコンビニのパンだ。僕はサンドイッチ、佐藤さんはクリームパンとかメロンパンとか、チョココロネなんかを買ってくる。甘いパンをひとつだけなんて少食だなと思っていれば、ご飯の後で甘いお菓子を食べ始める。見ているだけで甘ったるいなと思いつつ、それでも彼女から目をそらせない。食べる顔をつい横目でうかがってしまう。

「山口くん、元気そうだね」

今日はメロンパンにかじりつきながら、佐藤さんが言った。

「そう？　別にそれほどでもないけど」

僕が肩をすくめると、彼女は気をつかうように声を落とす。

「ほら、昨日はすごく落ち込んでるみたいだったから。今日も暗い顔してないかなって心配してたの」

「……ああ、昨日はね」

昨日のことを思い出すと、どうしようもなく気分は暗くなる。

ホームルームで決まった文化祭の劇、ハツカネズミ役なんていう色物の役を宛がわれたことで、昨日の僕はかなり落ち込んでいた。

今日だって完全に忘れてたわけじゃなく、ネズミ役を全うしようなんて殊勝な気持ちになれたわけでもない。どうせ何を言ったって変えようがないし、どうしようもないと諦め始めただけの話だ。高校生活最後の学校行事をネズミ役で締めくくるなんて、とんだ黒歴史になりそうだった。

「やりたくないのは今でもそうだよ」

僕は包み隠さず答えた。

「でも、誰に言ったって替わってもらえるはずもないし、先生に頼んだって無駄だろ。あんな役、誰だってやりたがらない」

　実は新嶋、外崎あたりには冗談半分で『変わってくれないか』と持ちかけていた。新嶋は大道具だし外崎は城の兵士Bだから、当然ながら笑って拒否された。逆の立場だったら僕だって聞く耳持つはずがない。

　ステージに立つだけでも恥ずかしいっていうのに、あんな色物の役なんて誰がやりたがるだろう。昨日のホームルームでも裏方に人気が集中したのは、誰だってステージに立つのが嫌だからだ。注目を集める役柄のプレッシャーや、失敗した時の恐ろしさ、恥ずかしさを知ってるからだ。

　僕もそれはわかっている。ネズミ役を押しつける相手は見つけられないだろうってことも、僕ひとりが諦めれば丸く収まる話だってことも、ちゃんと理解はしている。だから、しょうがない。

「なるべく目立たないようにして、あまり笑われないようにするよ。それでも確実に笑いものになるだろうけど」

　そう話すと、佐藤さんはじっと視線を向けてきた。

　でも、珍しく黙っている。お節介らしいことを口にしない。

　彼女だってきっとわかってるんだろう。今の僕はどうしたって慰めようもないんだって、佐藤さんみたいに鈍感な子にさえわかるものなんだ。

　慰めの言葉は要らないから、この話題はもう終わりにしたかった。どうせ避けられない運命なら当分忘れておきたい。来週からはもう練習が始まるけど、それでもだ。

それよりもっと楽しい話をしよう。

最近気に入っている音楽とか、見たい映画とか、今度一緒に遊びに行こうとか――

僕が思いついて口を開きかけた時、それよりもわずかに早く佐藤さんが言った。

「そうだ、山口くん。劇の衣装はいつ用意するの？」

だから、忘れておきたい話題だったのに。

蒸し返されたことに内心呆れつつ、僕は答えた。

「そのうち買ってこようと思ってるよ」

全身タイツを。

しかもハツカネズミだから白いやつだ。他の用途もなく文化祭が終わったら二度と着ないであろう品なのに、無駄な出費が金額以上に痛い。

「耳とか尻尾とかは自分でつける予定。馬のお面も手作りだよ、面倒だけどね」

僕が答えると、佐藤さんはすかさず笑った。

「じゃあ一緒にお買い物行かない？　今度の週末にでも」

「いいけど……佐藤さんは貴婦人役だっけ。衣裳、大変そうだね」

ドレスなんて値が張りそうな衣装、用意できるんだろうか。

　こんなお芝居だから本格的なものじゃなくてもいいんだろうけど。僕の心配をよそに、彼女はいたって明るく答える。

「ううん、布を買うだけなの。うちのお母さんのカクテルドレスがあってね、サイズがぴったりだから、それを着ようと思って」

　言いながら、やっぱりくすぐったそうにしてみせた。

「ただスカートが短めだから、スカートの部分だけ作り足す予定。その生地を買いに行きたいから、一緒にどうかなって」

　カクテルドレスがどんな服なのかは知らないけど、自前で用意できるなら羨ましい。僕はそうはいかない。

　でも買い物にはどうせ行かなきゃならないし、佐藤さんと出かけられるなら悪くないな。無駄な出費の元は取れるかもしれない。

「いいよ」

　僕は迷わず頷いた。

　すると彼女は、ほっとしたように表情をほころばせる。

「よかった。お買い物のついでに、何かおいしいものを食べてこようよ」

「え？」

「あのね、安くておいしいクレープ屋さんを見つけたの。一緒にどう？　おいしいものを食べたら気分転換にもならない？」

佐藤さんはにこにこ笑っている。

いつもの、誰にでも向ける明るい笑顔だ。だから今の誘いがどういう類のものかなんて推し量れそうにない。

それでも期待したくなる。

もしかするとこれは、デートの誘いなんじゃないか、とか。

「別にいいよ。今週末は暇だし、金銭的余裕もあるし」

表向きはあくまで冷静に答えた。

それで佐藤さんがにっこりして、そうしようよ、なんてはしゃぎ出す。僕はその様子を冷静に眺めていた、つもりだ。胸の奥で何を考えていたか、佐藤さんは知らないだろう。


彼女は相変わらずだ。地味で、とろくて、気が利かなくて。

一応は告白済みの僕の気持ちをわかっているのかいないのか、普通に友達みたいに接してくれる。

空港からの帰り道、あれだけわかりやすく言ったんだから伝わっていないはずがないんだけど——あれからもう四ヶ月、僕たちの関係も大きく変わった様子はない。

でも、ふとした拍子に思う。

もしかすると彼女は、僕を立ち直らせる一番の方法をわかってるんじゃないだろうか。ちゃんとわかってるからこそ、今回も誘ってくれたんじゃないだろうか。どうしても期待したくなる。

ある意味、僕も相変わらずだ。

十月になっても何も変わらず、佐藤さんが好きだった。

▼笑顔の佐藤さん

配役決定からほどなくして、文化祭の準備期間が始まった。

各クラスは文化祭に備え、ホームルームや放課後を利用して展示の用意をすることになっている。高校生活最後の文化祭だからか、C組一同はずいぶんと張り切っている。乗り気じゃないのは僕くらいのものかもしれない。

当然ながら、佐藤さんも張り切っていた。

もっとも彼女の場合、張り切らない方がいいのかもしれない。その演技力といったら悪目立ちしている。

「まあっ、なんてきれいな方でしょう」

彼女が演じる『貴婦人C』の、劇中での台詞はそれだけだ。舞踏会に颯爽と現れたシンデレラに感嘆し、褒め称えるだけだ。一瞬だけの見せ場だというのに棒読みだわ声は裏返るわで酷い有様だった。貴婦人らしさなんてかけらもない。

佐藤さんが台詞を口にするたび、放課後の教室はどっと笑いに包まれる。

「みゆきちゃん、そんなに緊張しなくても」

笑いをこらえようと必死な斉木さんの横で、外崎は無遠慮にげらげら笑う。

「シンデレラより目立ってどうすんだよ」

「ごめん、次はちゃんとやるね」

笑われている佐藤さんも笑っている。

恥ずかしそうに笑う顔は、だけど陰りが全くない。みんなにげらげら笑われていても、落ち込んでみせたり悲しがったりしない。そのメンタルの強さが羨ましいような、とても真似できないような。

佐藤さんは、台詞を口にする度に笑われている。劇の練習用に机や椅子を下げた教室で、みんなの言うようにシンデレラよりも注目を集めている。

彼女の登場する段になると、みんなが笑いをこらえようとする。佐藤さんの声が裏返るのを予測して、そのすっとんきょうな声で吹き出さないように身構えている。純粋に面白がっている無神経な奴もいるようだ。

僕はそんなクラスの空気を、教室の隅から眺めていた。

先のくじ引きのとおり、僕の役柄はハツカネズミ、そして馬車馬だ。魔法をかけられるシーンでは一旦舞台袖に捌けた後、馬の被り物を大道具係から受け取り、馬になって舞台へ戻る。

佐藤さんの登場する舞踏会のシーンでは馬車の傍で四つんばいになって待機する。

この流れが相当な屈辱だった。

「じゃあ、今のシーンを最初からね。シンデレラは馬車に戻って。馬車馬さんも」

柄沢(からさわ)さんが台本を見ながら指示を飛ばす。

「はーい……」

僕は四つんばいになったまま教室の端へと捌けた。

「山口、馬車馬になりきってんじゃん！」

僕の脱いだ被り物を受け取る新嶋のツッコミに、みんながくすくす笑う。

でも佐藤さんの時みたいに無遠慮に笑ったりはしない。そういう空気の微妙な違いを、僕は肌で感じ取っていた。

舞踏会のシーンの冒頭から再開。

僕が引いた馬車がお城に到着し、湯川さん演じるシンデレラは城内へと飛び込んでいく。

お城ではちょうど舞踏会が開かれているところだ。王子様と居合わせた舞踏会の出席者たちは、現れたシンデレラの美しい姿にどよめく。

——と、ここまではいつも順調に進む。

問題は次だ。出席者たちが次々とシンデレラを褒め称える段になると、クラスの連中がそわそわし始める。笑わないようにと顔を抓る奴、指を差して囁き合う奴、もう既に肩を震わせてる奴もいる。みんなの視線は一点に集中する。

貴婦人たちが一言ずつ喋っていく。Aの子が言い、Bの子が言って、その次はいよいよ佐藤さんの台詞だ。

僕が顔をしかめた直後に聞こえた。

「まあ、なんてきれいな方でしょうっ！」

酷かった。さっきよりも力んでいるせいか、声がすっかり引っ繰り返っている。

おかげでみんながどっと笑った。クラスの連中は、佐藤さんの時だけは遠慮しない。教室はげらげら笑う声に包まれて、その中で、笑われている当の佐藤さんまで笑顔でいる。恥ずかしそうにしつつも、まるで自分のことじゃないみたいににこにこしている。

僕は馬車馬らしく無表情でいることにした。何が面白いのかちっともわからない。

みんな、佐藤さんに失礼じゃないか。


僕なら笑われるのは嫌だ。

馬車馬役でもハツカネズミの役でも、台詞ですらない鳴き声を上げる度、みんなににやにやされるのが不快で堪らない。そういう役だとわかっていても、馬鹿にされるのは嫌だった。

でも佐藤さんは平気そうだ。僕よりもずっとマシな役になって、台詞はひとつきりしかなくて、なのに唯一の見せ場でさえ笑われている彼女。みんなに笑われても、からかわれても、嫌な顔もせずににこにこしている。

もし僕が佐藤さんの立場なら、思いっきり睨みつけてやるところなのに。


結局、その日の佐藤さんはずっと笑われっぱなしだった。

台詞を言う度に笑われて、それでも彼女は不快そうにはしなかった。むしろ楽しそうにすら見えた。そういう佐藤さんだから、みんなもお構いなしに笑うんだろう。

練習が終わった後、僕は佐藤さんを捕まえ、率直な疑問をぶつけてみた。

「あんなに笑われて、嫌じゃなかった？」

すると佐藤さんはきょとんとしてから、首を横に振った。

「ううん、そんなことないよ」

「嫌な時は嫌って言った方がいい。みんな、佐藤さんがにこにこしてるから調子に乗るんだ」

動物役への鬱憤からか、僕の口調もいつになくきつくなる。

でも彼女は小首をかしげ、はにかみながら答えた。

「面白がられてるっていうのはわかってるし、私の台詞、確かに酷いなって自分でも思うもん。もっと上手く言えたらいいんだけどね」

謙虚なのか何なのか。

笑われるのは自分のせいだって佐藤さんは思っているらしい。それも確かに彼女らしい考え方ではある。いつだって佐藤さんはそうだから、みんなに笑われても平気でいられるんだろう。

僕は無理だ。

自分が笑われるのだって嫌なのに、佐藤さんが笑われてるのを見てるのはどうしても嫌だった。胃がむかむかして、笑っている連中をひとりひとり注意して回りたくなる衝動に駆られた。佐藤さんがそうして欲しいって言ってくれたら――彼女ならそんなことを言わないのもわかっていたけど。

高校生活最後の文化祭は、案の定いい思い出にはなりそうもない。

▼化粧をしない佐藤さん

土曜日の午後はきれいな秋晴れだった。

思ったより風は冷たく、上着を出しておいてよかったと思う。月が替われば一気に寒くなるはずだ。

葉を落とす街路樹を横目に見つつ、僕は駅までの道を歩いていた。

文化祭ではいい思い出を作れそうにない僕だけど、悪いことばかりでもない。

衣装を買いに行くという口実の下、佐藤さんと休日に会う約束を取りつけていたからだ。

こっちは受験生の身だし、佐藤さんも就職活動中とあって、学校以外で会うのは久し振りだった。そのせいか少し緊張しているみたいだ。風に吹かれるたび前髪が気になり、立ち止まって直したくなる。

近頃は劇についての憂鬱が頭を占めて、受験勉強もあまりはかどっていない。だから佐藤さんに会いたかった。もっとたくさん会ってもいいくらいだけど、あいにくと僕たちはまだただのクラスメイトという間柄だ。お互いに進路の懸かった時期というのもあって、理由でもない限り誘いにくいのが現状だった。

その点、今回は彼女からの誘いだ。

それはもう、うれしかった。

佐藤さんと会う時、待ち合わせ場所はいつも駅前と決めている。

歩いてくる彼女とバスに乗ってくる僕、所要時間が釣り合うのがちょうど駅前周辺だった。

僕が駅前の広場に到着した時、佐藤さんは既にそこにいた。黒のカーディガンとデニムジーンズ、それに白いマフラーという、失礼ながらあまり色気のない服装だった。髪型もいつもと同じひとつ結びだ。

衝動的に駆け寄る前に時計を確かめる。

午後一時十五分。待ち合わせの約束をしたのは一時半だったから、お互いに早く来ていたということになる。

「佐藤さん」

僕は歩み寄り、声を掛けた。

彼女ははっと顔を上げる。こちらを見て、安心したように笑ってくれた。

「あ、山口くん！　早いんだね」

「佐藤さんこそ、けっこう早く来てた？」

冷たい秋風のせいか、佐藤さんは頬も耳も赤くなっていた。彼女はマフラーに顔をうずめるように頷く。

「うん。一時前にはもう着いてたの」

「そんなに？」

僕はぎょっとした。

そうなると相当待たせていたことになる。待つのはよくても待たせるのは申し訳ない。慌てて詫びた。

「ごめん、僕ももう少し早く来ればよかった」

「え、いいよ。私が勝手に来ただけだもん。気にしないで」

「連絡してくれてもよかったのに、早く来いって」

「そんなこと言えないよ。山口くんはちゃんと、時間守ってくれたんだし」

佐藤さんがかぶりを振る。

その後で駅舎の方を見て、続けた。

「駅に用事があって、それで早目に来てたんだ。本当に気にしなくていいからね」

それで僕は、彼女が赤くなった手で握っている小さな冊子に気がつく。

「時刻表、もらってきたの？」

「うん」

佐藤さんは、なんでもないことみたいに答えた。

「春から私、勤めに出るから。一足先に通勤ルートを見てきたの」

思わず息を呑む。

「……あ、そう、なんだ」

佐藤さんが進学せず、卒業後の進路に就職を選んだことは知っていた。進学しないのはうちのクラスでは彼女ただひとりだ。僕たちが受験勉強に追われている間、彼女は就職活動に勤しんでことも教えてもらっていた。就活に関しては彼女の方が先輩だから、僕が大学生になったらいろいろアドバイスをもらう約束もしていたほどだ。

知っていたのに、思った以上に驚いている僕がいた。

本当に社会人になるんだって、そんなことを今更みたいに思った。

じゃあ就職先は決まったのか。おめでとうくらいとっさに言えてもいいものなのに、どうしてか言葉が出てこない。

　佐藤さんは、硬直する僕に告げてくる。

「まだ先生にしか話してないんだけど、就職先決まったんだ」

「へ、へえ」

「って言っても、親戚の勤めてるところなんだけどね。お弁当屋さんの事務のお仕事なの。ちょっと遠いから電車に乗って行かなくちゃいけないんだ。だから今のうちに慣れておきたいなって」

　そう語る佐藤さんは、気のせいかいつもより大人びて見えた。

　いつもと同じ、垢抜けない格好をしているのに。髪だって色気のないひとつ結びのままで、化粧だってろくにしてないのに――表情がいきいきと明るく、瞳もきらきら輝いていて、今の僕には眩しく見えた。


　ごくりと喉が鳴る。

　どうしてだろう。佐藤さんの表情とは裏腹に、僕は漠然とした不安を覚えた。

　不安というより寂しさかもしれない。彼女が僕より先に進路を決めて、僕はまだ入試を控えた身だから焦っているんだろうか。

　いや、そんなことはどうでもいい。それより先に言うべきことがある。

「ええと、その、おめでとう」

かなり遅れて、僕はお祝いを口にした。

ぎこちない口調になっていたと、自分でも思う。

「ありがとう」

佐藤さんの方は至って自然に笑っていた。

「まだ実感湧かないんだけどね。春から働くようになるんだなあって思ったら、上手くできるかなとか、ちゃんと続けられるかなとか、不安がいっぱい浮かんできて」

「大丈夫だよ、佐藤さんなら」

僕は彼女を励ましたかった。

「今から通勤ルートを調べておくくらい真面目なんだから、きっと上手くいくよ。長続きだってすると思う」

真面目さだけなら確かだ。不器用だし気は利かないいし、他の部分では心配も大いにあるけど、でも佐藤さんにはいいところだってたくさんある。

だから大丈夫だ。

そう思いたかった。根拠はないけどどうしても、信じたかった。

「山口くんに言われると自信ついちゃうな」

彼女は明るい声で言い、それから駅舎の時計を見た。笑顔で促してくる。

「あ、長話しちゃってごめん。そろそろお店行こうか？」

「うん」

　僕は頷いた。

　そして駅前の商店街目指して、肩を並べて歩き出す。


　商店街のアーケード下を隣り合って歩きつつ、僕は時々彼女の横顔を盗み見た。

　男子と出かけているっていうのに、化粧ひとつしていない。せいぜいリップクリームを塗っているくらいだ。ひとつ結びの髪に工夫は感じられないし、服装だって野暮ったい。隣にいるのは、僕のよく知っている佐藤さんだった。

　だけど、春からは化粧をするようになるのかもしれない。

　自分でお金を稼ぐようになったら、少しくらいは垢抜けた格好をするようになるのかもしれない。その唇に色がついたり、今とは違う髪型をするのかもしれない。スーツを着ることだってあるんだろう。そうして僕よりずっと大人になってしまうのかもしれない――。

　僕たちがクラスメイトでいられるのも三月までだ。

　四月からはそれぞれ別の進路になって、隣にいる機会も少なくなってしまう。会えない時間が増えても、佐藤さんには笑っていて欲しいと思う。楽しい社会人生活を送って欲しいと思う。

ただ、あまり変わらないでいて欲しい、とも願ってしまう。

漠然とした寂しさが胸を過ぎり、僕は店に着くまで何も言えなかった。

▼色気もない佐藤さん

目当ての手芸店は、古いアーケード街の一角にあった。

僕と佐藤さんはそこに入り、貴婦人の衣装に使う生地を探し始める。

「お母さんのドレス、丈が足りないから。スカートだけ付け足そうと思ってるの」

佐藤さんは念を押すように繰り返した。

「ここに、いいのがあるといいんだけど……」

手芸店なんてこれまで縁のなかった店だ。ボタン付けくらいなら小学校の時に買った裁縫セットだけで十分だった。

初めて入った店は思ったより狭く、その狭い中に置けるだけ並べた棚と、その棚に置けるだけ陳列した色とりどりの毛糸、折り畳まれたカラフルな布なんかが目につく。ラインストーンやハトメなどの金具類や工具も一揃い取り扱っているようだ。雑然とした品揃えは初心者には探しにくく、無闇に歩き回ったらくたびれそうだ。

「それで、どんなのを買うつもり？」

僕は彼女に尋ねた。

「ドレスに合わせて浮かないようなのがいいの。質感が似てて、あんまり派手過ぎないので」

「質感か……どんなドレス？」

「ええとね、黒くて膝丈くらいなの」

黒か。ドレスって言葉からイメージしてたのとは違うな。もっとはっきりした色なのかと思っていた。

戸惑う僕に、彼女はさらに続ける。

「材質はどっしりしてる感じかな。艶がなくて地味めなんだ」

「へえ」

聞いているとドレスというより喪服っぽい印象がある。佐藤さんのお母さんがどんな人かは知らないけど、お母さんも地味めなファッションが好きなんだろうか。

「黒いドレスなら、全身黒にしちゃうと重くなるかもしれないな」

イメージを固めるのに苦労しつつも、僕はそう助言してみた。

佐藤さんも納得したように頷く。

「黒一色にしたら、魔法使いのおばあさんと間違われちゃうよね。一応……えっと、ああいう役柄だし」

最後の言葉を口にする時、佐藤さんはわかりやすく照れてみせた。貴婦人と自分で言うのは恥ずかしいらしい。

そういうところがかわいいなと思いつつ、僕はごまかすように話を進める。

「どんな色を合わせるかは決めてるの？」

「特には決めてないんだ。山口くんの意見も聞いてみたくて」

そう言いつつも、佐藤さんは何かを見つけたようだ。

ふいに棚のひとつへと歩み寄ると、折り畳まれた布を指差した。

「あ、こういうのはどうかな？」

彼女が見つけたのは明るいグレーの布だった。

グレーと言ってもピンからキリまであるだろうけど、佐藤さんが選んだのは彼女らしく地味なグレーだ。例えるなら、おじいさん世代の人がスーツを仕立てていそうな色合いの渋いグレー。

「地味じゃないかな」

率直に僕は告げ、途端に佐藤さんがうなだれた。

「そうかな……地味な色の方がよくない？　ステージ上でも目立たないし」

「目立ちたくないんだ？」

「それは、やっぱり……」

苦笑いする佐藤さん。

まあそうだろうなと僕も思う。劇で目立ちたい奴はそういう役柄を率先して引き受けるだろう。佐藤さんも僕もくじ引きであの役を当てた身。つまり、目立ちたくない同士だ。

特に、僕は絶対目立ちたくない。ネズミと馬、しかも衣装は全身タイツだ。これから買いに行かなきゃならないと思うと憂鬱だった。

思い出すと嫌な気分になるから、話題を変えるためにも僕は店内を見回し、佐藤さんのドレスに合いそうな生地を探す。

「そうだ、あのピンクなんてどうかな」

ロール状に巻かれて売られている、つるつるしたサテン地を見つけて僕は言った。

ピンクと言っても鮮やかな色合いではなくて、淡くて少し子供っぽい感じのピンク。シャーベットの色みたいな優しい色味は、佐藤さんによく似合うと思った。僕の中では彼女と言えばピンクだ。

「山口くんはピンクが好きなの？」

佐藤さんが、ぱちぱち瞬きをしながら言った。

「お誕生日にくれたリボンもピンクだったよね」

覚えていてくれたのか。忘れられていたらどうしようかと思っていた。

僕は照れたくなるのを押し隠すために目をそらす。

「佐藤さんに似合う色だから選んだんだ」

「ありがとう、私も好きだからうれしいな」

好きだから、なんて言葉に一瞬どきっとした。

もちろん色の話だ。僕のことじゃない。完全に違うとは思いたくないけど。

「そ、そっか」

目をそらしたまま、どぎまぎする僕をよそに、佐藤さんは続けた。

「でも黒のドレスとピンクのスカートじゃちょっと合わないかな」

「まあ、そうだね」

僕も佐藤さんに似合う色を選んでみたまでで、黒いドレスに合う色を探したわけじゃない。というより、どんなドレスか見てもいない状態で、元のドレスに合う色、合う素材の生地を探すのは難しいような気もする。今更だけど。

彼女も気が利かないいな。そのドレスを持ってきてくれればよかったのに。見てみたかったし。

「じゃあさ、スカートに足す生地は黒にして、差し色を足すっていうのはどうかな」

　僕の提案に、彼女は怪訝そうにする。

「差し色？」

「そう。例えばだけど、ドレスの上に一枚羽織るとかさ。そうしたら魔法使いには見えないだろ？」

　特にドレスなら一体感は大切だろうから、下手にスカートの色を変えない方がいいかもしれない。その分、羽織りで色を足せば魔法使いっぽさを打ち消すこともできそうだ。

「羽織るって、ショールとかかな」

　顎に手を当て佐藤さんが考え込む。

　少ししてから、僕に向かって笑ってみせた。

「いいかもしれないね。山口くん、さすが」

「役に立ててよかったよ」

「実はね、もうひとつ困ってたことがあったの。お母さんのドレス、肩が出るデザインだから、ちょっと恥ずかしいなと思ってて」

　はにかむように彼女は言い、カーディガンを着た肩を自分で叩く。

肩が出るデザインのドレス、その情報は初耳だった。

僕は思わず食いついた。

「それって、キャミみたいなやつ？」

「うん。ステージに立つだけでも恥ずかしいのに、肩とか背中とか出せないよって困ってたんだ。でもショールを羽織れば見せなくて済むし、スカート丈は足せばいいだけだし、一安心」

彼女は大きく胸を撫で下ろす。

その上、うれしそうに言い添えてきた。

「ありがとう。山口くんのアドバイス、とっても助かっちゃった」

思えば、夏場でも彼女が肩を出したところは見たことがなかった。一緒に出かける時はいつだって地味な服装ばかりだったからだ。彼女のことは好きだけど、かわいいと思っているけど、色気はないよなとずっと思い続けていた。

見てみたかったのに。そういうデザインのドレスなら先に言ってくれたら、余計なアドバイスはしなかったのに。

役に立ててうれしい気持ちと、惜しいことをしたなという気持ちとで、僕はしばらくぐらぐらしていた。

▼多分、親切なだけの佐藤さん

スカート用の黒い生地を購入した後、僕たちは近くの雑貨屋にも立ち寄った。

パーティーグッズを取り扱っているその店で白い全身タイツを探す。残念ながら、普通にあった。


「けっこうするんだな、全身タイツって」

値札を見たらこの期に及んでためらいたくなった。

「そうなの？」

佐藤さんも一緒になって、僕の手元を覗き込む。

メンズサイズ、身長百八十センチまでと記された全身タイツ。お値段は三千五百円也。

「わあ、意外と高いんだね」

「全くろくでもない出費だよ。一回きりのお芝居のためにこんなもの買わなきゃならないなんて」

文化祭が終わればもう二度と着ないだろうに——というか二度と着たくない。これきりにしたい。

唯一の救いは意外と厚手の生地で、思ったよりも身体の線が出にくいらしいことくらいだ。全身タイツというから、本当にタイツみたいな素材だったらどうしようかと思っていた。僕の名誉も多少は守られそうだ。

「じゃあ、買ってくるよ」

「うん。行ってらっしゃい」

気づかわしげな佐藤さんに手を振られ、心を奮い立たせて会計に向かう。

三千五百円の出費への覚悟は、レジの前に立ってようやく決まった。無愛想な店員は全身タイツをためらいもなくビニール袋に突っ込んだ。笑ってくれたらまだ気が楽なものを、にこりともされなかった。

受け取った袋を提げて歩く気にはなれず、即座にバッグへしまう。このまま取り出さずに済めばいいんだけど、そうもいかない。


会計を終えた僕は、佐藤さんのところへ戻った。

彼女はまだパーティーグッズのコーナーを眺めている。こういう店にはあまり来ないんだろうか、子供みたいに目を輝かせて商品に見入っていた。横顔が思いのほか真剣で、何を見ているんだろうと思う。

「待たせてごめん」

僕が声を掛けると、彼女はうれしそうに振り向く。

「……あ、お帰りなさい」

にっこり笑って、僕が尋ねる前に見入っていた商品を差し出してきた。

「ね、見て見て！　サンタクロースの衣装！」

彼女が手にしているのは、白い縁取りの赤い衣装だ。外国人のモデルさんが笑顔で着ている写真つきでパック詰めされている。

「ああ、そういえばそういう時期か」

文化祭の準備に追われて忘れがちだったけど、気づけばもう来月だ。僕は思わず笑い、それから冗談半分で聞いてみた。

「佐藤さん、着るの？」

「着てみたいけど私、髭が似合わないから……」

意外と真面目に返された。

「それにプレゼントはもらう側の方がいいな。今はもうサンタさんも来てくれない歳になっちゃったけど」

えへへと笑う彼女に対し、僕も少し考えてみる。

クリスマスか。佐藤さんはプレゼントに何をあげたら喜ぶだろう。

いや、それよりもまず先に確かめておくべきことがある。

「クリスマス、佐藤さんはどうやって過ごすか決めてる?」

冷静な態度を心がけたつもりだったのに、勢い込んだ質問になった。

彼女はびっくりしたように目をみはり、それからかぶりを振る。

「ううん、今年は家でおとなしく過ごすかなあ。山口くんは?」

僕の場合は相手次第だ。

胸の中でだけ答えつつ、さらに問いを重ねる。

「友達とかと約束はしてない?」

「してないよ。だってみんな受験生だもん、誘いにくいよ」

そう口にした時だけ、彼女は寂しそうな顔をした。既に進路が決まっているのもいいことばかりではないらしい。

こちらとしては好都合だけど。

「僕は空いてるよ」

すかさず告げると、またびっくりされた。

「え……でも山口くん、受験勉強は? 追い込みの時期じゃない?」

おそるおそる聞き返されて僕は笑った。なるべく平然と笑おうとした、つもりだ。

実際にどんな顔になっているかは、佐藤さんしか知らない。

「一日くらいサボったって平気だよ、息抜きも必要だしね」

むしろ他の日に必死になるからいい。

そのくらいクリスマスの予定は重要だ。佐藤さんの方から切り出してくれたんだから、このチャンスを逃すわけにはいかない。

口元が引きつるのを自覚しつつ、僕はからからの喉から声を振り絞る。

「だから、よかったらふたりで、ケーキでも食べに行こう」

食べ物を口実にするあたり、僕も佐藤さんと大差ないみたいだ。

でも受験勉強だとか進路の違いだとか、そういったことを障害にはしたくなかった。これからもずっと佐藤さんの隣にいたい。一緒にいられる時間は全部、一緒にいたかった。

僕の必死さに気づくはずもなく、佐藤さんはにっこり笑ってくれた。

「うん！　誘ってくれてありがと、山口くん」

よしよし。心の中で快哉（かいさい）を叫ぶ。

もちろん表面上は冷静に、穏やかにお礼を告げた。

「こちらこそありがとう。近くなったら連絡するよ」

「予定、任せていいの？」

「もちろん」

「じゃあ、お願いしようかな。待ってるね」

佐藤さんも思いのほかいい笑顔で応じてくれた。

喜んでくれているみたいだ。好感触にほっとしていると、さらにこう言ってきた。

「実は私もね、山口くんとクリスマスに会いたいと思ってたの」

「え……」

声を上げようとしたのと、息を呑んだのとが重なって、上手く言葉にならなかった。

なんだ、その深読みしたくなるような台詞は。

どういう意味なんだ。いい方向に解釈していいのか。解釈したい。是非とも。

絶句したままの僕をさて置いて、彼女の話は続く。

「だって、山口くんにはいっぱいお世話にもなったもんね。ちゃんとお礼をしたかったんだ」

「お礼……？」

「うん。あ、今はまだ秘密だけど」

嬉々として、唇の前で人差し指を立てる佐藤さん。

それから手にしたままのサンタの衣装を見て、ちょっと笑った。

「この衣装、買っておこうかなあ」

「……本気で？」

僕は思う。

佐藤さんのことは好きだけど、クリスマスにサンタの格好で来られたらさすがに困る。かわいいかもしれないけど、でも佐藤さん、髭をつけたいみたいだからな。やっぱりだめだ。

僕の表情を見てか、佐藤さんは衣装のパックを棚に戻した。

「一年ってあっという間だね」

そんな言葉を、しみじみと口にしながら。

「文化祭が終わったらもうクリスマスで、年が明けたら卒業だよね。早すぎるよ」

「そうだね」

全く同意だった。

気がつけば、卒業までもう時間がない。クリスマスは卒業前にふたりで過ごせる最後のチャンスかもしれなかった。

その前にやってくる文化祭は憂鬱だけど――本当はそこでもう一度、佐藤さんの気持ちを確かめられたらと思っていた。告白してからもう五ヶ月、来月で半年になる。一緒に過ごす時間が増えて、以前よりも仲良くなれたとも思う。でもそろそろ、はっきりした答えが欲しい。文化祭でそれを聞けたらと思っていたけど、さすがにネズミのコスプレした後では格好がつかない。

でもクリスマスに約束ができたから、こっちに賭けることにしよう。

僕たちはひとしきりパーティーグッズを冷やかしてから店を出た。

からっ風が冷たい商店街を、最後の目的地、クレープのおいしい店まで歩く。

「お店、すぐ近くだから」

隣を歩く佐藤さんが励ますような調子で言った。僕が寒さに身をすくめたのに気づいたらしい。

「着いたら温かい物でも飲もうよ」

「いいね」

僕は短く答える。

口を開けるだけで冷たい風が吹き込んできて、話すのが億劫になる。寒い季節は好きじゃない。

「でも、安心した。山口くん、元気そうだね」

佐藤さんは話すのが億劫ではないらしい。にこにこ笑いながら僕を見る。頬も耳も真っ赤になっているけど、その表情はとても柔らかい。

「最近ずっと元気なさそうだったから気になってたの」

「ああ、うん……まあね」

「今日だって、駅で落ち合った時はしょんぼりしてたみたいだし」

言い当てられて、ぎくりとした。

あれは――駅で会った時は、別に落ち込んでたわけじゃない。

ごく当たり前のことに気づかされて、驚いただけだ。

佐藤さんとは進路が違う。そんなのはずっと前から知っていたけど、それが確定的となった今、受け止めなくちゃいけないと思った。この先もずっと、隣にいられるように。

今も、クリスマスも、そのための時間なんだと思いたかった。

口実があるから会ってる、それだけじゃないんだって。

「元気になってくれたなら、よかった」

彼女が僕を心配してくれてる理由も、意味があるんだって思いたかった。

佐藤さんのことだから、彼女は優しいから、単に親切なだけかもしれない。

でも、そうじゃないといい。僕はずっとそう願っていた。

▼人の気も知らない佐藤さん

件の喫茶店は混み合っていた。

週末の午後四時という条件もあってか、店内はほぼ埋まっていてざわざわと賑やかだ。それでも席に通されて一息つくと、店内の温かさもあいまってほっとした。

佐藤さんおすすめの紅茶とクレープのセットは七百円。クレープはチョコレート、ストロベリー、ブルーベリーの三種類から自由に選べる。僕はブルーベリークレープを、佐藤さんはチョコレートを注文した。

程なくして温かい紅茶と共に、焼きたてのクレープが運ばれてきた。丸いバニラアイスと生クリームを添えて、ごろごろのブルーベリー入りソースがたっぷりかかっている。

「七百円か……」

そのクレープをつつきながら、僕は思わずぼやいた。

差し向かいの佐藤さんが上機嫌で応じる。

「このセットで七百円は安いよね。とってもおいしいし」

「うん、おいしいけど……」

「けど?」

「全身タイツ一枚で、五回は食べられたんだなと思ったらさ」

僕の言葉に、佐藤さんは思わずといった様子で吹き出した。

そして笑ってから、やけに済まなそうな顔をしてみせた。

「あ、ごめんね。笑っちゃって」

「別にいいよ」

そんなことで傷ついたりはしない。僕は肩をすくめた。

「僕も馬鹿馬鹿しいって思うからさ。たかが学校行事のためにこんな出費して。それで楽しめるならいいけど、ちっとも楽しくないし」

バッグにしまい込んだ全身タイツが憂鬱だった。あれを着たら、またクラスの連中にはにやにやされるだろう。しかも耳と尻尾を付けなきゃならないんだから、恥ずかしいことこの上ない。

とはいえ愚痴っぽくなるのもみっともない気がして、僕はわざと明るく言った。

「でも最後の文化祭だし、楽しめたらいいと思うよ。佐藤さんも楽しみだろ？」

すると彼女は、曖昧に頷いた。

「うん……」

もっと勢いよく頷くかと思っていたから、意外だった。

怪訝に思う僕の前で、佐藤さんは居住まいを正す。

「あのね、私」

じっとこちらを見て、ためらいがちに切り出してきた。

「楽しいって思いたいなって、そう考えてるの」

あまり、佐藤さんらしくない物言いだった。てっきり彼女ならにこにこ笑って『楽しみ！』とでも言ってくれるだろうと思っていた。

やっぱりステージで劇をするのが嫌なんだろうか。練習ではあんなに笑われてたもんな、当然か。

「劇やるの、憂鬱だったりする？」

でもそう尋ねたら、彼女は困ったように目を伏せる。

「ううん。私は平気。でも……」

言いにくいことでもあるように、ためらい続けていた。

それで僕もフォークを置き、黙って彼女の言葉の続きを待った。

店内はグループの客が多く、ＢＧＭが聞こえないくらいにざわめいている。だけど僕たちのいるテーブルだけは、奇妙に沈黙していた。隣同士じゃなく、差し向かいに座っているからだろうか。気まずいような、重たいような、そんな静けさに包まれていた。

佐藤さんが黙っていたのはほんの一分間ほどだったはずだ。だけど僕にはとても長く感じられたし、その間、彼女は何度も躊躇するそぶりを見せた。

ようやく口を開いた時も、表情は物憂げに沈んでいた。

「あのね、山口くん」

申し訳なさそうにさえ聞こえる声音で、彼女は言った。

「本当のこと言うとね、私も、全然平気なわけじゃないんだ」

「何が？」

素早く問い返す。

またためらう間があって、それから、

「人に、笑われるの」

佐藤さんは俯き加減で言った。

「平気じゃない……ううん、今は平気。今のクラスは気にならないけど、でも、前は怖かったこともあった。知らない人に笑われるのは怖いし、多分、これから先も全然平気にはならないと思う」

それは、そうだろう。

誰だってそうだ。当たり前だ。笑われるのは嫌に決まっている。

でも、佐藤さんは違うのかと思ってた。だって、この間の練習でも――。

「笑われるのは嫌じゃないけど、怖いよ。私、山口くんの気持ちはわかる」

そう言ってから、佐藤さんは顔を上げた。

潤んだ瞳はどきっとするくらい真剣で、真っすぐに僕を見つめてくる。

「だけど私、今は平気なの。前は怖かったけど、今は、あのクラスの中ではちっとも気にならない。みんなが私のことで笑ってても、そういうのもいいかなって思えるの。面白がってもらえるならそれでもいいやって」

「……どうして?」

引き寄せられるように、僕は尋ねた。

彼女がぎくしゃくと、下手くそに微笑む。

「山口くんが、笑わないでいてくれるから」

思わず、息が詰まった。

「山口くんがあのクラスにいるのが、何より一番心強いから」

フォークを置いておいてよかったと思った。手にしていたままだったら取り落としていた。

「だから、私もそうなりたい」

佐藤さんは微かに震える声で続ける。

「山口くんのこと、笑いたくない。山口くんが一生懸命やってることを、ちゃんと見ておきたい。知っていたい。山口くんは何でもできる人だって知ってるもん。だから最後まで、私も真剣でいたいの」

佐藤さんは真面目だ。こんな──こんな、赤の他人のことにさえ。

そしてやっぱり鈍い。僕が佐藤さんを笑わなかったのを優しさからだと思っている。そんなんじゃないのに。笑えなかっただけなのに。

でも本当は、違ったのかもしれない。

言って欲しかっただけかもしれない。佐藤さんには、笑わないよって言って欲しかった。クラスのみんなが笑っても、卒業間際にとんだ恥を晒すことになっても、こんなはずれの役を引いても、最後の文化祭だとしても。

僕は笑わない。代わりに佐藤さんにもそうして欲しかった。それだけだった──。

胸が痛くて、ばくばく速くてうるさくて、言葉が出てこなかった。肝心な時に限っていつもこうだ。余計なことはいくらでも言えるくせに、今は舌がもつれた。

僕がもたもたしている間に佐藤さんが言った。取り繕うように。

「あの、ごめんね。なんていうか、空気の読めないこと言って」

慌てた口調だった。

「重い話にするつもりなかったんだけど……上手く言えなくて」

佐藤さんにも、上手く言えないなんてこと、あるのか。

いつも気の利かないことを平気で言ってるみたいだったのに。こっちが動揺したくなる台詞も、普通に言い出すくせに。

「いや、いいよ。ありがとう」

他人のことは決して言えない僕が、気の利かない言葉で応じる。

「頑張ろうと思うよ、最後の文化祭だし……」

笑わないと言ってくれる子がいるから。

佐藤さんがいるから。

「うん」

その佐藤さんは、僕の言葉を全部聞かないうちに頷く。

本当に気が利かないな。おかげで僕は、言いたいことを最後まで言えなくなる。

「楽しめたらいいね、文化祭」

ようやく、佐藤さんが心から笑ってくれる。

「楽しもうよ、一緒に」

僕も答える。慣れない差し向かいの距離にある、佐藤さんの笑顔を見つめている。

僕たちの気持ちはもしかすると同じなのかもしれないし、全然違うのかもしれない。

でもお互いに相手を必要としている、その事実だけは疑いようもなくわかる。僕は佐藤さんに支えられているし、佐藤さんも、僕がいるから平気だと言ってくれている。

これからもずっとそういう存在であり続けたい。お互いに。今のこの時も、クリスマスの約束も、最後の文化祭も全部、そのためにあるんだと思いたい。全て、僕と佐藤さんがお互いを必要としていられる時間だ。

卒業してからのことも考えなくちゃいけない。この時間をずっと先まで繋げていくためには、どうしたらいいのか。


佐藤さんは残りの紅茶を大切そうに飲み、ふうと大きく息をつく。

「言いたいこと、言えてよかった」

そう呟く彼女を、内心羨ましいと思った。

僕は言いたいこともちゃんと言えない。空気を読みたくなる。もう一段落ついてしまった雰囲気の中で、さっきの話を蒸し返すのも気が引けた。

だから、今はしまっておくことにする。

「ありがとう。今日はすごく楽しかったよ」

精いっぱい笑って告げると、テーブルの向こう側で佐藤さんも笑った。

「こちらこそありがとう、山口くん」

向かい合わせに見る笑顔は眩しくて、やっぱり慣れないなと思う。

佐藤さんには、僕の隣にいて欲しい。

▼かわいくないはずの佐藤さん

佐藤さんはかわいくない。

というのはあくまで顔、容貌についての話だけど、どう贔屓目に見ても美人ではない。

僕は佐藤さんの顔が嫌いではないけど、むしろ好きだけど、それでも地味で垢抜けない顔立ちだということは否定できない。どこにでもいそうな顔、十人並みの顔というのが正しいのかもしれない。

もちろん僕にとっては特別だけど、僕以外の人が彼女を僕よりも高く評価しているのを聞いたこともなかった。

つまるところ誰の目から見ても、佐藤さんはかわいくないはずだった。

その佐藤さんが別人の顔になって現れた。

文化祭当日、劇本番直前の慌しい教室内に。

「山口くん、おかしく……ないかな？」

ざわめきの中から、どことなく自信のなさそうな声が聞こえてきた。

僕の目の前に立つ、小首をかしげるその姿はまさしく佐藤さん、のはずだった。

僕はその時、全身タイツを嫌々ながらに着こんで、ネズミの耳つきフードを頭から被ったところだった。これがまた我ながらいい出来で、馬の被り物を被っても耳が潰れない布製だ。どこからどう見てもネズミ役にしか見えない僕に、彼女が声を掛けてきた。

もちろん、すぐに佐藤さんだとわかった。彼女の声を聞き間違えるはずがなかった。顔だって見間違えるはずもなかったのに、彼女を見た瞬間、ぎょっとした。

佐藤さんは黒いドレスを身に着けていた。

肩紐の細いキャミソールに、長いスカートを足した真っ黒なドレス。きらびやかさはなかったものの、すとんと落ちる細目のラインがやけに大人びて見えた。剥き出しの肩には薄紫色のショールが掛けられ、その隙間から覗く肌がやけに白かった。

髪型はいつものひとつ結びじゃなかった。ドレスと同じくらい真っ黒な髪をシニヨンにして、頭の後ろで留めている。うなじにわずかに残った解れ毛（おくれげ）が、ふわふわ揺れている。

そして顔には、あの特別美人でもないはずの顔には、ちゃんと化粧がされていた。唇は口紅がはみ出たり頬が必要以上に真っ赤になっていたりということもなかった。唇は深みのある赤で彩られていて、目元には細かなラメが散り、頬はほんのりバラ色に色づいている。上向きの睫毛はどきっとするほど長く、瞬きの度に音がするようだった。

別人の姿になった佐藤さんが、目の前にいた。

「……山口くん？」

そのくせ、声だけはいつもの佐藤さんだ。

控えめで、気づかわしげで、僕のことを心配したがる佐藤さんの口調だった。

「大丈夫？　顔色よくないけど……」

眉尻を下げた表情は、化粧のせいか声とまるで釣り合っていない。僕はその違和感にどぎまぎしていた。

「だ、大丈夫」

一応答えたものの、声が思い切り上ずった。

クラスの連中に聞きつけられたんだろうか、直後、教室のどこかから盛大な笑い声が上がった。もしかすると気のせいかもしれない。気のせいじゃないとしても、どうでもよかった。他の連中のことなんて考えてる余裕もない。

だって、目の前には佐藤さんがいる。

声だけは普段どおりの、見たことのない佐藤さんが。

「もしかして緊張してる？　もうすぐ本番だから」

彼女の赤い唇が動く。つやつやしていて柔らかそうだった。

「まあね、多少は……」

対照的に僕の唇は乾いて、かさかさしていた。当たり障りのない返答がかすれた。

「私もなの」

佐藤さんはまた小首をかしげた。

その時、肩からショールが滑り落ちそうになって、慌てて押さえていた。寒いからか、肩を気にするそぶりを見せている。

「舞台に立つ時転ばないかなとか、台詞、ちゃんと言えるかなとか気になっちゃって、さっきから頭がいっぱいなんだ」

僕は他のことで頭がいっぱいだ。

間近に迫っている劇本番のことも、すっかり抜け落ちてしまった。三つきりしかない台詞もどこかへ吹き飛んで、今はたったひとりのことばかり考えている。他のものは何も見えない。

「でも、ちょっとだけ安心したかな。山口くんだって緊張するくらいなんだもん、誰でも緊張しちゃうよね」

軽い笑い方をした彼女は、だけど僕よりもずっと余裕ありげだ。

こっちは余裕なんかない。緊張していた。文化祭の劇の本番よりも、佐藤さんに対して緊張していた。おかしな話だ。


佐藤さんはかわいくないし、美人でもない。

そんなの僕ひとりが思ってることじゃない。みんな知ってることだ。

だけど劇のためにドレスを着込んで、髪形もきちんとして、化粧までしている佐藤さんは、不思議ときれいに見えていた。元が美人じゃなくてもこんなにきれいになれるのか、と思った。化粧ひとつで女の子はこんなにも変わるのか。ずるいじゃないか。

そう思いたくなるくらい、本当に――。


「山口くん？」

彼女の声で我に返る。

教室のざわめきも戻ってくる。本番前のクラスの雰囲気は緊張のせいか、高揚していて少しうるさい。

そちらに飛んだ意識を引き戻すように、佐藤さんは上目づかいに僕を見た。

「大丈夫？　やっぱり顔色がよくないみたい」

その眼差しを直視できない。僕は慌てて視線をそらした。

「そ、そんなことないよ。化粧がまだだから気分が乗らないんだ。僕もこれから顔に色塗って、ひげでも描いたら落ち着くと思う」

言い訳にもならない説明に、またどこかから笑い声が聞こえたような気がした。

だけど佐藤さんは気づかない。そっか、と胸を撫で下ろしてみせる。またショールがずり落ちた。

「佐藤さん、化粧は自分でしたの？」

僕がどうにか尋ねると、彼女は笑顔で答えた。

「ううん。お願いして、やってもらったの」

「もしかして髪型も？」

「そう。私ひとりじゃできなかったよ」

彼女が指し示した教室の片隅では、女子のグループが互いに髪を結い合ったり、化粧を手伝ったりしていた。和気藹々として楽しそうだ。

「……へえ」

僕は少しがっかりした。

じゃあ、この髪型は今日限定なんだろうか。今日の、文化祭の劇限定で、それ以外の日にやってもらうのは無理なんだろうか。もったいない。いつもの色気のないひとつ結びよりよほど、いいのに。化粧だって似合っているのに。毎日のようにされたら慣れるまで始終面食らうだろうから、困るだろうけど。

今だって困っている。面食らっている。言わなきゃいけないことがあるってわかっているのに、なかなか口にできなかった。

「その格好、おかしくないよ」

やっとのことで、僕はその事実について言及した。

彼女に声を掛けられてから、もうどのくらいたっているだろう。その間ずっと全身タイツ姿で、ネズミの耳付きフードを被っていた僕は、ようやくまともに口が利けた。佐藤さんが恐らく一番聞きたがっているだろう言葉を告げた。

佐藤さんは上向きの睫毛でぱちぱちと瞬きをする。

それから頬をもう少しだけ赤くして、より赤い唇ではにかんでみせた。

「よかった。山口くんにそう言ってもらえて」

ずいぶんと意味深な呟きだと思った。

でも、意味を尋ねる余裕だってなかった。

今日の佐藤さんはきれいだ。

他には、何も見えないくらい。

彼女が去っていった後、僕は手鏡を覗き込み、やけに上気した自分の頬にファンデーションを塗りたくった。

その上からさらにネズミのひげを引いた。右に三本、左に三本。

左の三本目を引いてる時に、湯川さんに声を掛けられた。

「山口、さっきびっくりしてたでしょ」

手鏡の隅にからかうような笑みが映る。彼女はすでにシンデレラの格好をしていたけど、およそシンデレラらしくない顔つきをしていた。

「すっごくきれいになったよね、みゆきちゃん。あれ、あたしがやったんだ」

その隣に斉木さんがひょいっと顔を出す。彼女も貴婦人役だったはずなのに、いたずらっ子みたいににやにやしている。

「ぶっちゃけ惚れ直したんじゃない？　違う？」

何を言っても墓穴を掘るとわかっていたので、僕はずっと黙っていた。だけどそのせいで、左の三本目のひげは震えたような線になった。

最後の文化祭。もうすぐ、うちのクラスの出番が来る。

なのに頭の中は、たったひとりのことでいっぱいだった。

▼舞台に立つ佐藤さん

高校生活最後の文化祭。

建前上は、有終の美を飾るべき、晴れの舞台といったところだろう。

でもそんなにご大層なことを考えてる奴はどのくらいいるだろうか。みんな、楽しめればいいとしか思ってないんじゃないだろうか。どうせ手作りの舞台で、演劇経験のない連中ばかりの劇で、感動させるシーンだってないんだから、観客の反応はたかが知れてる。みんなで楽しめて、観客も笑わせられて、幕が下りるまでにシンデレラが幸せになったらいい。そのくらいしか考えてないいんじゃないだろうか。

少なくとも、僕はそうだ。

楽しめたらそれでいい。僕はネズミ役として魔法使いに捕まえられて、馬に変身させられて、シンデレラをお城まで運んでいけたらそれでいい。

劇の練習を始めた最初の頃は、楽しもうという気持ちさえ起こらなかった。ハツカネズミの役なんて冴えないし、台詞は鳴き声三つしかないし、全身タイツは着なくちゃいけないし、最悪だと思っていた。笑われるのも嫌だった。こんな役、笑われるだけだろうと思っていた。

それが、いつの間にやら気が変わった。笑われてもいいと思えた。多分、気にならないだろうと思った。

――彼女がいてくれたら。


幕が開いた時には覚悟もできていた。

体育館のステージには素人細工のセットが並んでいる。窓を覆う暗幕と、舞台を照らすスポットライトだけが劇場っぽさを醸し出している。ステージの下にずらりと並んだパイプ椅子には思いのほか観客の姿があった。

ステージに上がった僕は、全力でハツカネズミを演じた。いやに眩しいライトの下で、ネズミの鳴き声も意気揚々と発した。観客には受けた。

笑われた時、恥ずかしさは不思議となかった。

なぜなら目的ができた。僕は是が非でもシンデレラをお城に連れて行かなくてはならない。馬車馬になって馬車をお城まで引っ張っていかなくてはならない。やる気は十分だ。

舞踏会に連れて行ってもらえず、悲嘆に暮れるシンデレラ。彼女を救うために、魔法使いはカボチャとネズミに魔法を掛ける。魔法使い役の子がステッキを振ると、ネズミたる僕はごろごろ転がりながら舞台袖に一旦下がる。ここで馬の被り物を受け取って、白馬になって飛び出していく段取りだった。

ステージ上から勢いよく袖に転がり込む。ローリングし過ぎて頭がくらくらした。

だけど、

「はい、山口くんっ」

掛けられた声にめまいが、一瞬で治まった。

声の主は佐藤さんだ。僕にはすぐわかった。

顔を上げても、ステージより暗い舞台袖では表情も姿もよく見えない。でも彼女がいるとは思わなかったから、はっとした。

練習の時は大道具担当の新嶋が控えていたはずだ。なのに佐藤さんが待っていてくれた。馬の被り物を僕の手元へ差し出してくれた。膝をついた僕がそれを受け取ると、小声で彼女は言った。

「頑張って！」

そう言われて頑張らないわけにはいかない。

馬の被り物を装着し、ステージ上へと再び飛び出す。観客にはまた笑われた。その笑いがむしろおかしいくらいだった。

僕は楽しんでる。楽しみながら、シンデレラをお城へと連れて行ける。

シンデレラは王子様に会いにお城まで行くのだろうけど、僕は違う。

佐藤さんに会いにお城まで行くんだ。こんなに楽しいことって他にあるだろうか。

場面変わってお城には、貴婦人と紳士と、王子様が待っている。

馬車はお城の前で停まり、ひらりと飛び降りたシンデレラが舞踏会へと突撃していく。いきなり現れた美しき令嬢に、王子様のみならず、貴婦人や紳士たちもが一様にどよめく。

魔法の力で変身したシンデレラは可憐だ。継母も姉も気づかないくらいに美しく変わっている。水を打ったような静寂の後、居合わせた人々は口を揃えてシンデレラを褒め称える。賞賛の声に背を押されたように、王子様はシンデレラへと歩み寄る。ダンスの相手を申し込むべく。

その時、黒いドレスの佐藤さんは言う。

「まあ、なんてきれいな方でしょう！」

練習の時と同様に、やっぱり彼女の声は裏返った。

客席からは笑いが起こった。

だけど佐藤さんはどこか誇らしそうにしていた。

馬車の陰から視線を送る僕に気づいていただろうか。僕が笑わなかったのもわかってくれているだろうか。赤い唇が少しだけ、照れたように笑んでいた。

ステージ上でライトを浴びる佐藤さんは、きれいだ。

黒いドレスを着こなして、すらりと立っている。動きの少ない役なのが幸いした。何もないところで転ばずに済む。舞踏会の片隅で、貴婦人のままでいられる。

彼女の役名は貴婦人C。名前もない、台詞だってひとつきりの端役だ。それでも彼女がきれいなことは、僕がちゃんと知っている。

王子様はシンデレラに夢中だ。ダンスの誘いに了承をもらって、嬉々としてシンデレラの手を取っている。もう他の貴婦人たちには目もくれない。そういうストーリーだからしょうがない。

でも僕は、佐藤さんを見ていた。

王子様の目に留まることのない、黒いドレスの貴婦人を見つめていた。

そりゃあシンデレラには敵わないだろうけど、貴婦人としては十分にきれいだ。そのことに気づけない王子様はかわいそうかもしれない。僕としては気づいて欲しくないけど。

佐藤さんをきれいだと思っているのは、僕くらいのものだといい。

どうしようもなく世話焼きなところや、根拠もなく前向きなところや、気が利かないせいで真っすぐ過ぎるところは、誰もが知っていたっていい。でも、佐藤さんの顔や姿や表情や、外見と内面の全てをひっくるめて好きでいるのは僕だけだといい。他の誰にも見つけて欲しくはなかった。

僕は、思っていることをそのとおりに口にするのが苦手だ。特に佐藤さんが相手だと、胸の内を全て打ち明けるのが難しい。余計なことばかりはすらすらと言えてしまうくせに、本当に言いたいことがいつも言えない。さっきだってそうだった。本番前に、着飾った佐藤さんを目の当たりにして、褒め言葉のひとつも言えなかった。教室にいたから、みんなの目があったからというのも理由ではあるけど、でも。

今日はちゃんと言いたかった。

佐藤さんに素直に告げたかった。他の誰かに言われてしまう前に言いたかった。

佐藤さんはきれいなんだ。見ようによっては。あと、手入れ次第では。

美人ではないから、きれいでいるためには手間も掛かるし大変なのかもしれない。でもきれいな佐藤さんに傍にいられると、僕の方もけっこう大変だ。

だから時々でいい、きれいでいてくれるのは。

後はいつもの地味で、垢抜けない、野暮ったい佐藤さんでいてくれる方がいい。

十二時の鐘が鳴り、シンデレラを家に送り届けたところで、僕の出番はおしまい。

魔法が解けるとシンデレラはぼろをまとった女の子になり、僕はネズミに戻ってしまう。

それでも舞台袖に引っ込めば、まだ魔法の解けていない佐藤さんを見つけられた。慣れない目で必死に探して、ステージを見守る彼女の姿を目に留める。

眩しいライトがかすめるように差し込む舞台袖で、僕は佐藤さんの横顔に目を凝らす。佐藤さんは劇の先行きを見つめている。王子様がガラスの靴の持ち主を探させるシーン。シンデレラがガラスの靴を履こうとする様子をじっと眺めている。シンデレラが無事に靴を履くと、安堵したように胸を撫で下ろす。そういう姿から、僕は目を離せない。

目が離せないのは、今に始まったことじゃないけど。


シンデレラの物語は幸せな結末を迎え、劇は滞りなく閉幕を迎えた。

お約束のカーテンコールの時、僕は佐藤さんの隣に立った。

佐藤さんがちらっと僕を見る。ちょっとだけ笑ったような気もしたけど、ステージの上ではライトが眩しくて、よくわからなかった。

僕たちは客席からの喝采や拍手や口笛を受け止めた。僕自身は達成感よりも感動よりも、無事に終わってほっとした気持ちのほうが強かった。ようやく全身タイツから解放されることもうれしかった。

だけど僕がネズミ役を終える時は、佐藤さんが貴婦人役を終える時でもある。それは少し名残惜しいなと、横目で彼女を見ながら思う。


幕が下りた後で、佐藤さんは深いため息をついてみせた。それから、貴婦人らしくない弾けるような笑みを僕に向けてきた。

「無事に終わってよかったけど、やっぱり、ちょっと寂しいね」

囁かれた言葉は、全くもって同感だった。

僕たちは珍しく気が合ったみたいだ。

▼今日も笑顔の佐藤さん

教室に戻ってきた僕たちは、興奮と安堵とで沸き返った。

衣装を着たままで賑々（にぎにぎ）しくはしゃいでいる奴もいる。ほっとし過ぎたせいか涙ぐんでいる奴もいる。そうかと思えばとっとと着替えを始めている奴もいたし、疲れ切ってぐったりしている奴もいた。

最後の文化祭、クラスでやるべきことをやり遂げた。それはそれで偉大なことなのかもしれない。

出来はどうあれちゃんと幕は下ろせたし、僕だって精いっぱいやれた。これで最後だと思うと寂しい気はするけど――だからってはしゃいだり、涙ぐむほど殊勝な性格じゃない。

なにせ本番中からずっと、ひとりのことしか考えてなかったくらいだ。


佐藤さんはさすがにくたびれた様子だった。

着替えもしないうちから壁に寄りかかり、疲労の色を隠していない。それでも教室の中央ではしゃいでいるクラスメイトたちを見て、少しばかり幸せそうな笑みを浮かべている。そんなしぐさが彼女らしいな、と思う。

僕はすかさず彼女に歩み寄った。

先に着替えを済ませてしまおうか迷ったけど、言いたいことがある時は急いだ方がいい。いつもみたいに言えなくなってしまう前に。

「お疲れ様、佐藤さん」

隣に立って、そっと声を掛けてみる。

トーンを落とすと教室内の騒がしさに紛れてしまいそうだったけど、佐藤さんはちゃんと僕の声を拾ってくれた。こちらを向いて微笑んだ。

「うん。山口くんもお疲れ様」

口紅の色が落ちかけて、髪も解れ始めている。

だけどまだ普段とは違う顔をしている。目が合うとどきっとする。

「なんだかんだ上手くいったみたいだね、よかった」

「そうだね、結局声、裏返っちゃったけど」

佐藤さんは首をすくめた。その拍子にショールが落ちたけど、それを直す手も今は気だるげだ。本番前に言っていたとおり、相当緊張していたのかもしれない。

こっちは劇よりもずっと、今の方が緊張してるのに。

「無事に終わって、本当によかった」

そう呟くと、佐藤さんは僕の顔を見た。

「山口くんは、まだ着替えないの？」

「いや、着替えるよ。もう少ししたら」

ネズミの耳つき全身タイツを一刻も早く脱ぎたいのは確かだ。ひげだって落としてしまいたいし。でも、間を置いたらこの気持ちまで落ち着いて、言いたいことを言えなくなってしまう。

　この機を逃がしたら、ずっと言えないままかもしれない。もうすぐ、いつもの佐藤さんに戻ってしまう。そうしたらどんな誉め言葉も届かなくなってしまう気がした。

「私も着替えてこようかな」

　なのに、佐藤さんは言う。ちょっと疲れた様子で息をつきながら。

「お化粧も落としたいし、この格好だと落ち着かなくて」

「い、いや、もったいないよ」

「え？」

　とっさに制した僕の言葉を、彼女は瞬きで受け止めた。

「もったいない？」

「そうだよ、せっかく……似合ってるのに」

　クラスの連中を意識し過ぎて、消え入りそうな声になった。

　それでもちゃんと届いたようで、佐藤さんは恥ずかしそうにしてみせた。

「そ、そうかな。いつもと違い過ぎない？　おかしく見えないなら、うれしいけど」

「おかしくないおかしくない」

　僕は呪文みたいに連呼する。

　もっと気の利いた言い方があるはずなのに、頭がまるで働かない。

「そう言ってもらえるとうれしいな」

一方、彼女は至ってマイペースに応じてくる。僕の顔を覗き込むようにして、語を継いだ。

「山口くんも似合うよ、ネズミの格好」

「……そうかな」

それはあまりうれしくない。

というか、褒め言葉じゃない。佐藤さんは褒めてるつもりなんだろうけど。

「お芝居も頑張ってたよね。ネズミ役の山口くん、格好よかったよ」

とびきりの笑顔で、労おうとしてくれてるんだろうけど。

素直に喜べないのは、役柄がネズミだったからじゃない。全身タイツを着たからでもない。観客に笑われたからでもない。

僕が言おうとして、なかなか言えずにいる言葉を、佐藤さんは簡単に言ってしまう。何でもないことみたいに素直に口にできてしまう。それが悔しい。

「佐藤さんも頑張ってたよ」

悔し紛れに言い返すと、彼女は素直に喜んでいた。

「ありがとう、山口くん」

負けた気がした。

いや、いつだって負けている。佐藤さんには敵わない。僕は、ずっとそうだ。

だけど、手も足も出ない状態で引き下がるのはあまりにも情けない。

せっかくだからと僕は、勇気を振り絞って切り出した。

「佐藤さん、頼みがあるんだけど」

「え？　なあに？」

「写真、撮らせてもらっていいかな」

せめて今日の記念に、一番きれいな佐藤さんを残しておきたかった。

僕の頼みを聞いた彼女は途端に慌てふためく。

「わ、私の写真？　でも、だって、こんなのだよ？」

長いスカートの裾を摘んで、いたたまれなさそうにしていた。

こっちも引っ込みがつかなくなって、つい正直に応じる。

「こんなのが撮りたいんだ」

「だけど……ちょっと恥ずかしいかなって……」

ちょっとどころではなく気恥ずかしそうに、佐藤さんがたちまち俯く。

しかし、はいそうですかと引き下がるつもりはなかった。恥ずかしいのは頼んだ方だってそうだ。こんな恥ずかしいこと、そうそう頼めるものじゃない。それをようやく言い出せたんだから折れるわけにはいかない。

「手間は取らせないし、僕以外に見ないよ。心配しなくていいから」

「う……うん、でも」

彼女は一向に煮え切らない。そこで、

「待ってて。今、携帯取ってくる！」

有無を言わせぬ調子で会話を打ち切ると、僕はひとまず携帯電話を取りに走った。

自分の机にかけてあるカバンから手早くそれを取り出す。佐藤さんの写真を撮りたい、その一心で急ぐ。

だけどその時、

「山口、佐藤と写真を撮んの？　俺撮ってやろっか？」

よりによって、外崎に大きな声を出された。

目ざとさにぎくりとしつつ、僕は答える。

「い、いや、撮るのは佐藤さんだけで、僕が写るわけじゃ……」

「何照れてんの！　せっかくだからふたりで写ればいいじゃない」

聞きつけてきたのか、まだシンデレラの湯川さんも飛んでくる。呼んでないのに。

「僕はいいって！」

拒否しても遅く、ふたりがかりで携帯電話を奪い去られてしまった。

別に佐藤さんと写るのが嫌なわけじゃない。

だけど今の僕はまだネズミだ。全身タイツだ。おまけにひげまで描いてある。こんな格好で、あんなにきれいな佐藤さんと一緒に写るのは嫌だ。明らかに邪魔だ。

にもかかわらず、いつしか僕はクラスの連中に取り囲まれ、佐藤さんの元まで連行されている。

「そうだよね、せっかくの記念だもんね。やっぱふたりで写らないと！」

「貴婦人とハツカネズミっていうのもなかなかお似合いだよ！」

柄沢さんと斉木さんが、踏みとどまりたい僕の背中をぐいぐい押してくる。

だいたい、貴婦人とネズミのどこがお似合いなんだ！

「だから、僕はいいって言ってるのに！」

「いいからいいから、隣に立って！」

「うわっ、ちょっと待っ……！」

抗弁空しく、僕は強引に佐藤さんの隣に押しやられた。

笑う佐藤さんにくっつかんばかりに立たされて、せめてこの格好でなければと嘆きたくなる。

クラスメイトたちは携帯電話を向けてくる。僕のだけじゃなく、わざわざ自分の携帯で撮影しようとする子までいた。あちこちでフラッシュが焚かれシャッター音が響く。まるでワイドショーの記者会見だ。

「ほらほら撮るよー、山口、ちゃんと笑って！」

「せっかく佐藤さんがかわいくしてるのに、仏頂面じゃ釣り合わないよ！」

「全くもう、素直じゃないんだから！」

この状況で素直になれと言う方が無理だ。

かくして僕の携帯電話には、ハツカネズミと貴婦人のツーショットが収まった。

その時の僕がどれほど仏頂面でいたのかは――まだ見る勇気がない。

▼十一月の佐藤さん

佐藤さんは僕の携帯電話を覗き込んで、言った。

「すごくよく撮れてるよ」

それから僕を見て、遠慮がちに笑ってみせる。

「山口くんもちゃんと写ってるよ。……見たくない？」

「見たくない」

僕は即答した。

クラスの子に撮られた写真は、僕と佐藤さんが劇の格好のままで並んで写っているらしい。

誰が自分のネズミ姿を見たいなんて思うだろうか。佐藤さんが写ってなければ速攻で消去するくらいなのに。


僕は、佐藤さんだけが写ってる画像が欲しかったのに。

それすら言わせてもらえぬまま即席撮影会は終わり、既にお互い着替えを済ませている。佐藤さんはすっかり化粧も落として、制服姿に戻ってしまった。頭の後ろでまとめた髪だけが貴婦人の名残を留めていた。隣に座っていると、うなじの解れ毛が気になる。

もちろん僕も制服姿で、ひげのメイクも落としていた。今はわずかな自由時間を利用し、佐藤さんとふたりで遅い昼食を取っている。文化祭もそろそろ終わりに近づいている頃、模擬店はどこも品薄で、冷めたたこ焼きと温いラムネをやっとの思いで手に入れた。

人気（ひとけ）のない非常階段は、ふたりきりでいるには都合のいい場所だった。休憩所として用意されている空き教室には生徒も来賓も大勢いる。僕は佐藤さんとふたりきりがよかったから、わざわざ静かな場所を探して、ようやく見つけたのがここだった。

最上段に並んで腰を下ろし、僕たちはラムネを飲んで、たこ焼きをつまんだ。

喉はからから、お腹もぺこぺこだったから、温さも冷たさもまるで気にならない。

「素敵に写ってると思うんだけどな」

佐藤さんはそう言いつつ、画面をちゃんと消してから僕に手渡してきた。おかげで例の画像は見ずに済んだ。

「本当に格好よかったんだよ、ネズミ役」

「……気持ちはうれしいんだけどさ」

褒め言葉自体はやっぱり、どうしたってうれしくない。

僕は携帯電話をポケットにしまった。それから佐藤さんに目を向ける。

化粧を落としドレスを脱いだ佐藤さんは、いつもと同じ姿に見える。髪型だけがまだ貴婦人のままだけど――これも明日には色気のないひとつ結びに戻るんだろう。

寂しいような、ほっとするような、複雑な気分だった。

「佐藤さんこそ、その髪型も似合うよ」

落ち着いてしまった気持ちは、熱のこもらない言葉になって零れた。

それでも佐藤さんは喜ぶんだろうけど、僕はもう少し違う言い方がしたかった。今となっては口にできないような、素直な気持ちを告げたかった、本当は。

非常階段はしんとしていて、小さな声でもよく響く。こういう場所で素直になるのは難しいのかもしれない。

「ありがとう。でも、私ひとりじゃできない髪型だから」

ほつれかけた髪に触れながら佐藤さんは笑う。

「教えてもらったらいいんじゃないかな。たまにそういうのもいいと思う」

「うん、そうだね。卒業までに覚えたいな」

彼女がさりげなく、その言葉を口にする。

僕は非常階段の肌寒さと、窓から射し込む陽の色を気にし始める。


文化祭ももうすぐ終わり、十一月も終わってしまう。先に待っているのは十二月と一月と二月。三月はほとんどないようなものだ。

僕たちが参加するまともな学校行事も、この文化祭で最後となる。

次の学校行事は——卒業式。それが終わると本当に、何もなくなる。

佐藤さんと同じクラスにいられるのもあと少しだ。

佐藤さんの隣には、一体いつまでいられるだろう。冬休みが近い。年明け以降の登校日は何日もない。僕には大学入試が控えている。残された時間は本当にわずかだ。

「最後の文化祭、だね」

　僕の内心を読んだみたいに、ぽつりと彼女はそう言った。

　視線を向けると、ラムネのビンを握り締めた姿が映る。

「最後だけど……すごく、楽しかった。私ね、びっくりするくらい楽しかったの。今年の文化祭は、三年間で一番思い出に残った文化祭だと思う」

　隣に座る彼女を見下ろし、僕もそっと息をつく。それから告げた。

「僕も、いろいろな意味で忘れられない文化祭になりそうだ。この歳になってネズミ役なんてやらされるとは思わなかった」

「うん。私も忘れられないと思う」

　顔を上げた佐藤さんが頷く。

「変身を手伝えたのもうれしかったな。白馬の頭、上手く渡せてよかった」

　本番中の出来事を思い出す。馬の被り物を渡してくれたのは佐藤さんだった。転がり込んだ先に彼女がいて、声を掛けてもらって、僕もうれしかった。

「舞台袖にいたのが、佐藤さんで驚いたよ」

「大道具の新嶋くんが忙しくて、本番直前にお願いされたの。自分の出番より緊張したけど、山口くんがちゃんと受け取ってくれたから、失敗しなくて済んだんだ」

彼女も笑顔でいるのを見て、ちゃんと受け取れてよかったと思う。お互いに、いい思い出になった。

新嶋が忙しかったっていうのは明らかに嘘だろうけど。

けど、今となっては悪い気もしない。外堀を埋めるとはこのことだろう。

「山口くんがいたからだよ」

ふと、僕の思考に彼女の声が割り込んでくる。

隣に座る佐藤さんが僕を見ていた。優しい、穏やかな笑顔だった。

「最後の文化祭が楽しかったのは、山口くんのおかげ。本当にありがとう」

「え……いや、別に何にもしてないよ」

僕は慌てた。

事実、佐藤さんに対して何かしてあげた記憶もなかったし、何かあったとしても記憶に残らないくらいだ、どうせ大したことじゃないだろう。佐藤さんはどうでもいいようなことにでも感謝したがる性格だから、感謝される方は困る。どう反応していいのかわからなくて慌てたくなる。

同じように僕が言ったって、佐藤さんはきっと慌てたりしないのにな。

「ね、山口くん」

動じる僕をよそに、彼女はいつもどおりの調子で続けた。

その時、ほんの少しためらうそぶりを見せたような気もしたけど、気のせいだったのかもしれない。

「ひとつお願いがあるの。聞いてくれる？」

思わせぶりな問いかけと、真っすぐな眼差し。

もう化粧はしていないのに、見つめられるとたちまち僕の声が上擦った。

「な、内容によるけど……」

それで佐藤さんは笑顔のまま、さらに続けた。

「あのね。さっきの、写真のことなんだけど」

「写真？」

って、何だっけ。

ああそうだ、さっき撮ってもらった写真だ。僕と佐藤さんが並んで写っている、あれのことだろうか。

「あの写真、よかったら、私の携帯にも転送してくれないかな」

「え……い、いいけど」

佐藤さんが欲しがるとは思わなかった。驚いた僕を見て、彼女がはにかむ。

「記念になるでしょ？」

「まあ、ね。そりゃあ、なるかもしれない」

ぎくしゃく顎を引いてから、言い添えてみる。

「だけどあれ、僕も写ってるからさ。あんな格好だし……佐藤さんひとりで撮ってもらった方がよかったかもな」

どう見ても全身タイツのネズミは余計だろう。そう思っていた僕に、だけど佐藤さんはかぶりを振る。

「ううん。山口くんが写ってるのがよかったの」

「――え?」

「本当言うと、山口くんひとりの写真が欲しかったんだ。自分の写真を見るのは、お芝居の格好してってもやっぱり恥ずかしいから」

どうってことないみたいな口調で、ごく自然に、佐藤さんは言った。

その自然な言葉が僕の頭の中から、何もかもを根こそぎかっさらっていった。

真っ白になる。忙しない心臓の音が、妙な期待を掻き立てる。

今の言葉、どういう意味なんだろう。深読みしてもいいのか?

いや、でも、佐藤さんのことだし。別に深い意味もないのかもしれない。でも思わせぶりだ。思わせぶりにも程がある。他の女の子なら告白のタイミングで言いそうな台詞だ。だけど相手が佐藤さんだから、どう反応していいのかわからない。

佐藤さんは鈍いし、おまけに気が利かない。だからこんなふたりきりの時に、僕の気持ちを知った上で、ああいう台詞が言えるんだ。きっと、そうだ。

気の利かなさだけなら、今の僕も大して変わらないんだろうけど――。

ろくに声も立てられなくなった僕は、黙って携帯電話を開いた。

保存してあった例の画像、仏頂面のネズミときれいな貴婦人の写真を、佐藤さんの携帯電話に転送する。その作業も淡々とこなした。

「送っておいたよ」

全部終わってから告げると、隣で佐藤さんが笑った。

「本当にありがとう。宝物にするからね」

深読みしたい。だけど、できない。つくづく佐藤さんは思わせぶりだ。

それからは何も聞けなくて、何も言えなくなって、僕はひたすら黙っていた。自由時間が終わってしまうまでずっと、ろくに口も利かなかった。

十一月の佐藤さんも、十一月の僕も、相変わらずだった。

▼佐藤さんと僕の本質的な変化（1）

あくびの代わりに大きく息を吸い込んだ。

たちまち十二月の冷たい空気が肺をいっぱいにして、寝不足の身体に染みわたる。

僕は何度も深呼吸をしながら、目の前の駅前通りを見張っていた。電飾で飾られたアーケードと葉の落ちた街路樹の下、行き交う人の数はいつになく多い。佐藤さんがやってくるのも必ずあちらの方向だから、人波にもたもた歩く彼女が紛れてしまわないよう、疲れた目を凝らしていた。


十二月に入ると、僕の受験勉強もいよいよ追い込みの時期を迎えた。

来月には共通試験が待っている。それは僕に限った話ではなく、クラスの連中もようやく緊張感を持って勉強に向かうようになっていた。先月までは誰かしら『受験勉強の息抜きに遊ばない？』なんてメッセージを回していたものだけど、さすがに最近は誰も遊ぼうなんて言い出さない。みんなが年明け後の本番に向け、必死になっている時期のはずだった。

でも僕は今日、佐藤さんと約束をしている。

息抜き、なんていうのは変だろう。彼女と会うのは楽しいけど、同時に緊張だってする。ある意味、入試と同じような気の抜けなさがある。

受験生なのに、寒波の十二月にわざわざ戸外で人と会うのは軽率だという人もいるだろう。

だとしても、僕はどうしてもこの日に佐藤さんと会いたかった。

先月のうちから約束をしていたほどだ。今日ばかりは受験勉強も近づく卒業も忘れて、楽しみたかった。

今日はクリスマスイブだ。


「山口くーんっ」

ふいに名を呼ばれ、僕は急いで顔を上げる。

目を凝らしていたのにこれだ。気がつけば駅前通りを歩いてくる佐藤さんの姿が見えていた。僕が手を振ると、彼女は両手に提げていた大きな紙袋を片手に持ち替え、懸命に手を振り返す。

なんだ、あの紙袋。

紺のピーコートにデニムのスカート姿の佐藤さんは、重そうな紙袋を手にもたもたとこちらへやってくる。女子は荷物が多いものだというけど、それにしても多すぎやしないか。これからデートなのにこんな大荷物じゃ移動が大変になるだろうに、僕は訝しく思いながら彼女を出迎えた。

「ごめんね、待たせちゃって」

僕の前に立った佐藤さんは、すっかり息を弾ませていた。

紙袋をよいしょと抱えると、彼女は上気した頬を緩ませる。

「人出が多くてびっくりしちゃった。さすがクリスマスイブだね」

「そうだね、賑やかだ」

頷いてはみたものの、僕の関心は彼女の持つ紙袋ひとつに集中していた。

百貨店の名前が記された袋は近くで見ると、小さな丸いものでふくらみ、はち切れそうなほどだった。

中身、なんなんだろう。

そしてこんな大荷物、どうする気なんだろう。

「ところでさ。その紙袋、どうしたの？」

好奇心には勝てず、僕は単刀直入に尋ねた。

すると佐藤さんはたちまち得意げに笑い、こう言った。

「ええとね、まだ秘密。後のお楽しみ！」

「ふうん……」

それならしょうがないと無関心を装いつつ、胸裏には不安が過ぎる。

まさか、これ全部が僕へのクリスマスプレゼントじゃないよな。

それなら気持ちはうれしいけど、持って帰るのは大変そうだし、抱えて歩くのだって苦労しそうだ。さすがにこの袋の中身全部がってことはないだろう。いくら佐藤さんでも。

「持ってあげようか」

尋ねたら、彼女は慌てた様子で早口になる。

「ううん、大丈夫。重いから持つの大変だよ」

「だったら余計に、僕が持った方が……」

「いいの、後のお楽しみだから」

佐藤さんは意外と頑固だ。

結局、紙袋は彼女が抱えたまま、僕たちは並んで通りを歩き出す。ふうふうと荒い呼吸で一生懸命歩く彼女を横目に、僕はそっとため息をついた。

――この分だとあちこち連れ回すのは無理かな。予定を変更しよう。

友達と遊ぶ機会がめっきり減ったのと同じように、佐藤さんとふたりで会うのも一ヶ月ぶりだった。

そして次に会えるのはいつになるかわからない。せっかくの冬だ、初日の出を見に行こう、初詣に行こうなんて口実はいくらでもあるけど、その全てに受験生という枷がついて回る。年明け以降に風邪をひいたら試験当日まで引きずる可能性があるから、今日が試験前最後のチャンスと言えた。

だから計画には万全を期した、はずだった。ケーキを食べに行って、商店街をぶらついて、イルミネーションとツリーを見に歩いて、それから人気のなさそうな公園へ赴いて——とあれこれ考えていたデートプランは、あの紙袋ひとつにあっさりと打ち砕かれた。全く、なんて破壊力だろう。

既に息の上がっている佐藤さんをこれ以上疲れさせるわけにもいかない。そしてあれがもし本当に僕へのプレゼントなら、こちらの体力も考慮しなくてはならない。

待ち合わせ直後ではあるけど、一息つこうと駅前のケーキ屋に入った。

既にイートインスペースは混み合っていて、カウンター席しか空いていなかった。僕が佐藤さんの隣に腰を下ろすと、彼女はこちらを向いてはにかむ。

「隣の席になるの、久し振りだね」

「そうだね」

隣同士で顔を見合わせると、意外な距離の近さにどきっとした。目が合うと佐藤さんもそっと睫毛を伏せたから、調子が狂うなと思う。

ケーキの注文を終えると、佐藤さんはコップの水を一口飲んだ。荷物を入れておくカゴがあるのに例の紙袋は膝の上だ。額の汗を拭き拭き、僕に話し掛けてくる。

「お天気悪くなくてよかったね」

コートを脱いだ彼女は黒いセーターを着ていた。

色が白いからか、佐藤さんは案外意外と黒が似合う。ひとつ結びの髪を束ねているのは見覚えのあるピンクのリボンだ。隣の席からそこまで確かめて、少しうれしくなる。

「本当、寒すぎなくてよかったよ」

僕がそう応じると、佐藤さんはこちらを向いて少し眉尻を下げた。

「山口くん、あんまり寝てない？」

「ああ、わかる？　遅くまで勉強してて、寝不足でさ」

昨夜は三時まで起きていた。受験勉強に熱中するあまり、切り上げ時を見失ってしまったからだ。別に今日の約束が楽しみすぎて寝つけなかったというわけじゃない
――ちょっとくらいはそういう理由もあっただろうけど。

それでなくても最近は受験というプレッシャーに呑まれがちで、変に気が急くことが多かった。眠れない夜も寝不足も今日に限った話じゃない。

「受験勉強、大変なんだね」

佐藤さんは僕を案じてくれているようだ。

僕も真面目な受験生という体で応じる。

「もちろん楽じゃないよ」

「クラスのみんなも受験モードでしょ？　大変そうだなって思ってたの」

うちのクラスで進学を希望していないのは彼女だけだった。

東高校は公立ながら県内では指折りの進学校で、卒業生がそのまま就職してしまうのは珍しい。佐藤さんは地元企業に就職を決めていたから、受験ムード高まるクラスの中でもどこか浮いていた。こればかりは羨ましい浮き方だ。

「佐藤さんこそ、みんなに気をつかわなきゃいけないから大変だろ？」

僕の言葉に彼女は真剣な顔になり、

「大変ってほどじゃないけど、やっぱり気にしちゃうかな。『落ちる』とか『滑る』とか言わないようにしようと――」

と、そこまで言ってから大慌てで口を押さえた。

「ご、ごめんね。山口くんの前で言っちゃった……」

「いや、いいよ。僕は気にしないから」

縁起を担ぐ方ではないので、僕は軽く笑っておいた。そんなものは信じない。

「気をつけなきゃ」

言い聞かせるように佐藤さんが呟く。

彼女は彼女でいろいろと大変なんだろうなと思う。仲のいい子たちも受験生だから、ちょっとした会話も気をつかうに違いない。

クリスマスソングが流れる店内で、サンタ帽をかぶった店員さんが忙しそうに立ち働いている。

見渡せば注文の品が届いていない客もけっこういるようだった。この分だと僕たちのケーキが届くのも遅くなるかもしれない。

佐藤さんも、今は冷たい水が何よりおいしいようだ。きっと少し遅れて届くくらいがちょうどいい。最近あんまり話せていなかったし、これはじっくり話をするいい機会だ。

「受験勉強、進んでる？」

ようやく汗も引いたらしく、落ち着いた口調で佐藤さんが尋ねてきた。

「まあ、それなりにね」

僕が曖昧に答えると、感心したように目を輝かせてくれた。

「さすが山口くん。なんでもできちゃうんだね」

「いや、大変じゃないわけでもないけどね」

「でもクラスの中では、山口くんが一番余裕ありそうに見えるよ」

佐藤さんは言う。

実際のところはどうか、僕にはよくわからない。外崎も新嶋もいつもどおりのやかましさに見えているし、湯川さんや斉木さんはいつだって元気におしゃべりしている。柄沢さんは落ち着いていて、やっぱりプレッシャーなんてないように映る。ある意味、寝不足という弊害が起きている僕が一番やられているのかもしれない。

でもそういうところを人には見せたくない。知られたくなかった。

だから佐藤さんにも、わざと軽く言い返す。

「余裕があるって思ってくれてるなら、普通に連絡くれてもいいのに」

ここ最近、佐藤さんとはメッセージや電話のやり取りも少なくなっていた。以前は他愛ない用件でも連絡をくれていたし、僕から連絡したら一緒に盛り上がってくれていたのに――もちろん理由はわかっている。嫌われたとか避けられてるとかじゃない、この時期だから遠慮してくれているだけなんだって知っている。でもやっぱり、寂しい。

「え、でも」

佐藤さんは一度口ごもってから、

「勉強の邪魔しちゃ悪いかなって思って、控えてたの。山口くんは人知れず頑張る人だから、表に出ないところで一生懸命やってるはずだもん」

　確信しているみたいに言い切った。

　佐藤さんの中の僕はずいぶんな優等生みたいだ。それならそう振る舞っておこうと、僕は胸を張っておく。

「一生懸命やってるから大丈夫。むしろ息抜きに話したいなって思うよ」

「お家で携帯いじってて、お母さんに怒られたりしない？」

「うち共働きだから、土日以外はまず平気。勉強の邪魔にもならないから、どうぞ遠慮なく」

「うん、わかった。今までどおりにするね」

　ようやく彼女が頷くと、ピンクのリボンがひらひら揺れた。その度にそちらへ目を奪われる。

　僕の注意がそちらに逸れたのを引き戻すように、佐藤さんの顔が視界を遮った。

「でも、睡眠だけはちゃんと取ってね。目の下、隈ができちゃってるよ」

　隣の席から覗き込まれると、顔までの距離が本当に近い。すぐ目の前で彼女の瞳が心配そうに揺れていて、僕は思わず硬直した。

　息が止まるかと思う一瞬の後、ぎくしゃくと、どうにか視線をそらす。

「だ、大丈夫だって。眠くなったらちゃんと寝るから」

僕の反応を、佐藤さんはどう受け止めたんだろう。視界の端でピンクのリボンが揺れ、紙袋ががさごそと音を立てるのも聞こえた。

それから、どこか安心したようなつぶやきも。

「やっぱり余裕って感じするなあ、山口くん」

「……それほどでもないよ」

僕よりはずっと、佐藤さんの方が余裕ありげだ。

寝不足のせいだろうか。今になって心臓がどきどきうるさくなってきた。

▼佐藤さんと僕の本質的な変化（2）

まだケーキは運ばれてこない。

次は何を話そうか考える僕の隣で、佐藤さんは膝に載せていた紙袋を開けた。

「そうだ、これね、山口くんにどうかなって思って」

ここで開けるか、と思ったけど、とりあえず成り行きを見守ることにする。

「お守り。神社でもらってきたんだ」

佐藤さんが僕に差し出してきたのは、朱色の小さなお守りだった。

合格祈願、と表面に刺繍されている。

「わざわざ神社まで行ったの？」

驚いて、思わず聞き返す。

佐藤さんは微笑みながら頷いた。

「受験、頑張れますようにって」

その笑顔が寝不足の目に、じんと染みるようだった。

「そうか……ありがとう、うれしいよ。でも寒かっただろ？」

「ううん。よかった、喜んでもらえて」

喜ぶなんてものじゃない。受け取る時、つい手が震えてしまったほどだ。佐藤さんがそこまで考えてくれてるなんて思わなかった。

縁起は担がない主義の僕でも、佐藤さんのお守りなら大切にしようと思う。我ながら現金な奴だ。

「佐藤さんのおかげで頑張れそうだよ」

僕がお守りをバッグにしまおうとすると、佐藤さんが引き止めるように続けた。

「クリスマスプレゼント、まだあるの」

次に紙袋から取り出されたのは、目薬と絆創膏、それから使い捨てカイロの徳用パックだった。

　正直、クリスマスプレゼントにしてはやけに生活感溢れる品々だ。

「勉強してると目が疲れるでしょ？　これ疲れ目にいい目薬なんだって。お店の人に聞いて買ってきたの。それと山口くん、ずっと前に紙で手を切ったことあったよね。あの時のことを思い出して、絆創膏も要るかなあって。あと冬場だから手が悴まないようにカイロもね」

「あ、ありがとう……」

　もちろんうれしい。

　気づかいはすごくうれしいんだけど、プレゼントにするような物だろうか。というか今日はデートなんだし、うんうん唸りながらわざわざ持ってきてもらうような物でも――いや、うれしいのは本当なんだけど。

「あとね」

　まだあるらしい。佐藤さんが紙袋をごそごそやっている。

　そして取り出されたのは、栄養ドリンクだった。テレビコマーシャルでよく見る一番ポピュラーなやつだ。

「受験生は栄養を取るのも大切だって聞いたんだ」

「佐藤さん、これ、どうして……？」

さすがに尋ねてしまった僕に、彼女はきょとんとして答える。

「だって、近所のドラッグストアで『受験シーズンセール』してたから。山口くんに贈るなら、やっぱり実用的な物の方がいいかなって」

「そ、そうなんだ。なんか、お金使わせちゃって悪いな」

「ううん、大丈夫。それに山口くんにはお世話になってるもん」

そう言って、佐藤さんはまた紙袋を探り出す。

まだ何かあるのか。もう何が出てきても驚かない。

「それとね、これもよかったら」

彼女が紙袋の口から覗かせたのは、みかんだ。小ぶりなサイズの、皮がつやつや光っているおいしそうなみかん。

「これもセールで買ったの？」

「あ、違うの。これはね、うちのお爺ちゃんが箱で買ってきたの。食べてみたら甘くておいしかったから、山口くんにもお裾分け。みかん、大丈夫だった？」

まるで親戚のおばさんみたいなことを言うなとこっそり思った。当然言えない。

ということは、紙袋に詰まってた小さくて丸い物は全部みかんだったんだな。この分だと相当入ってそうだ。みかんは好きだけど、持ち帰るのは一苦労だろう。

「あれもこれもって思ったら、すっかり重くなっちゃったんだ」

佐藤さんは首をすくめ、済まなそうに言った。

「ごめんね、持って帰るの大変じゃない？」

「バスだから大丈夫だよ」

僕は内心を押し隠して答える。

そう言うしかないじゃないか。これでも佐藤さんは厚意でやってくれてるんだ。好意、だったらもっといいけど。

「もしよかったら山口くんの家まで持っていくけど」

「い、いや、そこまでしなくてもいいよ」

女の子に家まで送ってもらうのも微妙だ。佐藤さんの気持ちを無駄にしないためにも、ちゃんと持ち帰らなくては。

それに、実用的な物の方がありがたいこともある。クリスマスらしさはかけらもないけど。

「山口くんには本当にお世話になったから、お礼がしたかったんだ」

佐藤さんは微笑んで、コップの水をこくんと一口飲んだ。

それから、ぽつぽつと続ける。

「もうすぐ卒業しちゃうけど、今年一年すごく楽しかったの。高校での三年間は全部楽しかったけど、三年生になってから——ううん、山口くんと隣の席になってからが、一番楽しかった」

　思い出すような眼差しが、膝の上の紙袋に落ちる。ピンクのリボンも揺れている。

「学校に通うのがこんなに楽しくなるなんて思わなかった」

　うつむいたまま、佐藤さんは吐息のような小さな声で言った。

「だから山口くんにはすごく感謝してるの。ありがとう」

　僕はうれしい気持ちと罪悪感の両方を抱え、その言葉を聞いていた。


　ほんの一年前まで、僕にとっての佐藤さんは興味も持てない女の子だった。

　席替えで隣の席になった時はがっかりした。何かにつけてもたつくからしょっちゅう苛々させられた。話をしてもつまらなくて、早く席替えの日が来ないかとそればかりを思っていた。

　もう少し前から、佐藤さんを好きになれたらよかった。もう少し早く、佐藤さんのことを好きだって認められたらよかった。彼女のことを馬鹿にして、内心せせら笑っていた頃の僕は、だけど佐藤さんよりもずっと鈍感で、気が利かなくて、子供っぽい奴だっただろう。

　今もあまり変わっていないのかもしれない。

　僕は彼女の膝の上の紙袋を見て、数分前の自分を恥じた。

あの中には彼女の気持ちと、僕にはもったいないくらいの感謝が詰まっている。

こんな時に言葉が出なくなるのもよくない癖だ。

僕は深く息をついてから、ようやく感謝を口にした。

「こちらこそありがとう。おかげで、受験も頑張れるよ」

そうだ、頑張ろう。佐藤さんにここまでしてもらって、受験勉強が手につかないなんて腑抜けたことは言ってられない。

恋に落ちた瞬間から、いつだって僕を動かし、僕の背を押してくれたのは彼女の言葉だった。縁起も神頼みも信じないけど、彼女の言葉だけは信じていた。

僕は何でもできる。

佐藤さんのできないことでも、僕ならできる。

だから必ずやり遂げよう。全てが終わったら、佐藤さんに笑顔で報告したいから。

「うん、頑張って。私、応援してるから」

佐藤さんは僕に向かって深く頷いた。

でもその後で、たしなめるように苦笑する。

「それとね……難しいかもしれないけど、睡眠はちゃんと取ってね。さっきも言ったけど山口くん、ずっと隈できてるよ」

女の子らしい丸みを帯びた指先が、そっと僕の目元を指した。

「十二月入ってからしょっちゅうだもん、心配になっちゃって」

「あ……」

僕はそんなもの、気にしていなかった。

慣れっこになっていただけかもしれない。毎日見る鏡の中で、自分が寝不足の顔をしているのが当たり前になっていた。大変なのは僕だけじゃないからってスルーしてきただけだった。

なのに佐藤さんは僕の変化に気づいたて、心配してくれた。

「……すごく、見ててくれるんだな」

つぶやくような僕の言葉に、佐藤さんは少しだけ恥ずかしそうに応じる。

「見てるよ。だから、無理はしちゃだめだからね。今日は早く寝て、まず隈を治しちゃおうね」

全く、佐藤さんには敵わないな。

今日はいろいろデートプランを考えていたのに。寝不足でも佐藤さんといれば目は覚めるし大丈夫だろうと思っていたのに、これじゃ無理もできそうにない。

でもその気持ちが本当にうれしくて、僕のことを心配してくれる人がいることが――その人が僕の大好きな女の子だってことが、今は何よりも幸せだった。

今の僕がすべきことは、無理して彼女を喜ばせたり、いい雰囲気に持っていくことじゃない。

ちゃんと寝て、元気になって、受験生としてすべきことをする。

そして佐藤さんの前で、自信をもって笑えるようになることだ。


気がつけば佐藤さんからはずいぶんたくさんのプレゼントをもらってしまった。

もちろん僕だって用意はしていた。本当は、渡すのはもっと後にしようと思っていた。ケーキ屋を出てから、もうちょっと静かな場所での方がいいだろうって。

だけど今は、今しかないと思った。

ケーキが来てしまう前に、素直になれている今のうちに。


「じゃあ僕も、佐藤さんにプレゼント」

僕はそう切り出して、自分でラッピングしたオーガンジーバッグを差し出した。淡いピンクの袋は中身が透けるくらいの薄布で、デジタルオーディオの箱がかすかにぼやけて見えている。

受け取った佐藤さんも中身に気づき、すぐに驚きの声を上げた。

「こんなに高いものもらえないよ」

「別に高くないよ、僕のお古だから」

まだ使えるけど最近はほとんど使ってなかった。スマートフォンひとつあれば音楽も聴けるし、別の機器を持ち歩く必要がなくなってしまったからだ。

これだけだと安上がりだから、ミュージックカードもつけた。それでも彼女からもらった分を返せているかは怪しい。けど足りないなら、春に改めて返せばいい。

とびきりいい報告と一緒に。

「お下がりで申し訳ないけど、よかったら使ってやって」

僕が促すと、佐藤さんはプレゼントの袋を胸に抱いた。

「本当にいいの？」

「もちろん。春からの電車通勤で時間掛かるって言ってただろ？　音楽聴きながら通えばちょうどいいよ」

そう告げると、佐藤さんは少し躊躇した後でぎこちなく頷く。

「じゃあ……もらうね。大切にするから、返して欲しくなったら言って」

「それはないと思うけど」

僕は笑った。

それから、早口気味に言い添える。

「でもそれさ、説明書をなくしちゃったんだ」

「そうなんだ」

「再生とか停止は見ればわかると思うけど、わからないことあったらいつでも連絡してくれていいから」

いつでも。その言葉に力を込めて。

「受験勉強中でも、終わってからでも、……卒業してからでも」

僕が言った後、佐藤さんはゆっくりと瞬きをした。何を言われたか、時間をかけて噛み締めるみたいに。

しばらくしてからうれしそうに顔をほころばせ、聞き返してくる。

「卒業してからでもいいの？」

「アフターサービスは万全じゃないと。呼んでくれたらいつでも飛んでいくよ」

「ありがとう、山口くん！」

佐藤さんは大きく頷き、ピンクのリボンが飛び跳ねた。

昔ほど鈍感でもなく、気が利かないわけでもない彼女は僕のプレゼントをぎゅっと抱き締めている。それでいて、自分で持ってきた紙袋はまだ膝の上に載せたままだ。

「それ、もらうよ」

僕が紙袋を指すと、彼女は笑顔のままでかぶりを振る。

「ううん、帰りまでは私が持つから。すごく重いんだよ」

「だったら余計に僕が持つよ。僕にくれたものだろ？」

「うん……じゃあ、辛くなったら言ってね。代わるから」

こうして佐藤さんの膝から、僕の膝の上へと移動した紙袋は――確かにずしりと重かった。でも彼女からの贈り物だと思えば辛くはなかった。


ちょうどその時、遅くなったケーキセットが二人分、僕たちのところへ運ばれてきた。クリスマス期間限定のスペシャルメニューは、ケーキとドリンクの他にジンジャークッキーが添えられている。男の子と女の子を隣同士に並べて、一枚ずつ。

僕たちも隣同士で顔を見合わせ、お互いに笑う。

「ようやく、クリスマスっぽくなったね」

佐藤さんがそう言うから、僕もこの上なく満ち足りた思いで答えた。

「うん。いいクリスマスイブになった」

計画も何もあったものじゃないし、当初の目的なんてまるで達成できてない。けど、そう思う。いいクリスマスイブになったって思う。

それはそれはもたついた覚束(おぼつか)ないペースだけど、僕たちの関係は本質的なところから、確実に変化している。

いつか——春が来たら、もっと大きく変えてやろうと思っている。

▼佐藤さんとチョコレート

佐藤さんから、宅配便が送られてきた。バレンタインデーの日のことだ。

いきなり何事かと思って送り状を見れば、中身は『お菓子』と書いてある。

多分、チョコレートなんだろう。くれるのはうれしいけど、どうしてわざわざ宅配便なんて使ったのか。同じ市内に住んでるんだし、呼んでくれたらすぐに飛んでいくのに。送ってくるなんて一言も言ってなかったし、なんなんだろう。

しかもどうして、冷凍で送ってきたんだろうか。

平日で、家には僕しかいない。それでも細心の注意を払い、こっそり自分の部屋で検(あらた)めることにした。

今日が自宅学習でよかった。もし今日が登校日で、僕が学校に行っている間に届いていたりしたら、両親に見つかって散々からかわれた可能性もある。女の子からお菓子が届くなんて、今日の日付を考えたらそういう意味にしか受け取れないだろう。

だけど僕は内心複雑だった。

贅沢を言うようだけど、手渡しがよかった。

僕なら会う口実を作るためにも、相手を呼び出して渡すようにと考えるけど、佐藤さんにとっては違うのか。

そもそも佐藤さんにとっては、僕はチョコレートを会って渡すほどの相手でもないのかもしれない。宅配便を使うなんて何だか他人行儀じゃないか。おまけにお金も掛かるし。そこまでして会って渡す以外の手段を講じたのかと思うと、複雑にもなる。

佐藤さんは僕のことをどう思っているんだろう。

クリスマスに会った時は彼女の気持ちがすごく伝わってきたようで、あんなに心配してくれる子も、あんなに僕のことを見ていてくれる子も他にはいないだろうと思った。僕もそれがうれしくて、安心もしたし、彼女にいい報告ができるように受験勉強だって頑張ってきた。言われたとおり、睡眠時間には気をつけつつ。

なのに、チョコレートは宅配便で届いた。

もしかしてあれから、何か彼女を傷つけたり怒らせたりするようなことを言っただろうか。佐藤さんが怒ることなんてめったに――というか一度もなかったような気がするけど、僕が何かしでかしてしまったのかもしれない。参ったな、全く心当たりがない。クリスマスに得た好感触も僕の思い違いだったんだろうか。さすがにきつい。ただ、お菓子をくれたこと自体は好意から来るものだろうと思いたい。

困惑しつつも、僕は宅配便の箱を開けた。


中身は、透明なセロファンに包まれたケーキだった。

三個のケーキが紙製のカップに一個ずつ、収まっている。見た感じ、がちがちに凍っているけど。

カードも添えられていた。佐藤さんの小さな字で、

『去年はとってもお世話になりました。これからもよろしくね』

と記してある。

年賀状みたいな文面だ。これにもある意味ショックを受けつつ、僕はケーキの方を検分し始める。

スポンジの真っ黒いケーキだった。多分、チョコレートケーキだ。飾り気はなく、カップケーキみたいな形をしている。手作り、なんだろうか。佐藤さんの？

不安多め、期待ほんの少しでセロファンを解いてみる。中のケーキはやはり、凍っていた。指でちぎることもできそうにない辺り、凍ったまま食べるものではなさそうだ。さて、どうしようか。

とにかくショックが大きくて、僕はしばらくケーキとにらめっこをしたまま、自分の部屋で呆然としていた。

佐藤さんが何を考えてこのケーキを用意し、宅配便で凍らせて送ってきたのか、全くわからない。

そもそも僕に何も言わずに送りつけてくるなんて、一体どういうことだろう。嫌われたんじゃないといいけど、嫌われる理由も思い浮かばない。自分で言うのもなんだけど、佐藤さんに対する失言はいつものことなので、感覚が麻痺しているのかもしれなかった。もっと優しくしておけばよかった。後悔先に立たずとはこのことだ。

だけどいくら考えたって、心当たりもないんじゃ埒が明かない。彼女の意図と、このケーキの食べ方とを聞き出さなくてはならない。このままじゃ受験勉強も手につかないから、電話、してみようか。

着信履歴とリダイヤル、どちらも先頭にある佐藤さんの名前。

僕は深呼吸を三回繰り返してから、彼女に電話を掛けてみた。

「……も、もしもし」

ぷつりと接続音がして、僕はすぐに口を開く。緊張のせいで声が上擦った。

『あ、山口くん！　もしかして、届いた？』

佐藤さんの声は明るく、いつもと同じように聞こえてきた。

いや、電話越しだからまだわからない。気を緩めちゃいけない。

「届いたって言うのは、チョコレートのことだよね？」

そう尋ね返すと、すぐに彼女も応じてくる。

『うん。私が作ったんだ。フォンダンショコラなの』

佐藤さんの手作り。それはものすごくうれしいことに違いない。だけどここまでの経緯が僕の胸裏で警鐘を鳴らしている。喜ぶのはまだ早い。事の真偽を確かめる方が先だ。

「それはありがとう」

僕はひとまずお礼を言ってから、続けた。

「でもその、どうして宅配便で？　お金かかるだろ？」

『だって、学校では会えなくなっちゃったから』

「そうだけど……呼んでくれたら、佐藤さんの家まで行ったのに」

言ってくれさえしたら、すっ飛んでいったのに。こんなよそよそしいことしなくたって。

『呼びつけたら悪いかなって思ったの。今、風邪がはやってるからね』

「少しくらいなら平気だよ。気をつかわなくてもいいのに」

と僕は言ってみたものの、佐藤さんなら絶対に気をつかってくるだろうな、とも思った。気の利かない佐藤さんだから、かえって僕が困惑してしまうような心配りをしてくれる。僕はいつだって振り回されっぱなしだ。

『それとね、フォンダンショコラ、ちょっと形が崩れちゃってるから。顔を見て渡すのも恥ずかしいかなって……そういうの、変かな？』

電話の向こうで彼女がちょっと笑った。

その笑い方がかわいくて、耳にも心地よかった。

「別に、変じゃないよ」

『そうかな……でも、味はおいしいから安心してね。ちゃんと味見もしてるから』

「じゃあ、後で食べてみるよ」

『うん』

佐藤さんは怒っているわけでもなく、いつもどおりの彼女だった。

いや、いつもよりかわいくて、それからちょっとだけ大人っぽいかもしれない。気のせい、かもしれないけど。

僕は今すぐ飛び出していって彼女の顔を見に行きたい衝動に駆られた。だけど、余計な気づかいをされた以上はそれもできない。

つまり、今回も振り回されたわけだ。彼女の気の利かない心配りと優しさに。こっちは危うく勉強も手につかなくなるところだったっていうのに、困ったものだ。

「でもさ」

一言だけ、これだけは言っておきたくて、僕はそうした。

「送るんだったら前もって、いつ送るって言ってくれたらよかったのに。いきなり届いたからびっくりしたよ」

『えっ？　私、言ってなかった？』

驚いた様子の佐藤さん。

当然、僕に覚えはない。

「聞いた記憶はないけど。いつ教えてくれた？」

『ええっと……そういえば、言ってなかったかも……』

そういうことか。佐藤さんにも本当に困ったものだ。

『ごめんね、山口くん！　私、すっかり話したつもりになってたみたい』

「だろうね。いいよ、ちゃんと受け取れたから」

『でも、びっくりしたんじゃない？　確かめておけばよかった』

「さすがに驚いたけど、気にしなくてもいいよ」

どうせ何言ったって直らないだろうし。直してもらうより僕が慣れてしまった方が早い。この先のことを考えたら必要不可欠なスキルだ。

「それより、ありがとう」

チョコレート自体は、すごくうれしかった。だからお礼は改めて告げた。

「もらえると思ってなかったからさ。うれしいよ」

『そんな、山口くんにはお世話になってるもん。あげないなんてことないよ』

――お世話になってるから、なのか。

その言い方もちょっと複雑だ。まあいいけど。

「ところでさ、これって、どうやって食べるのかな」

『あ、そのまま食べても大丈夫だよ。ちょっと温めた方がおいしいけど』

「凍ってるんだけど、ちょっと温めるだけでいいのかな」

『え？　凍って……る？』

件のフォンダンショコラはまだがちがちに硬い。手で割るのも、指でちぎるのも無理そうだ。どうやって食べるんだろう。

「凍ってるよ。冷凍便で来てたし」

『冷凍っ！？』

佐藤さんの声が引っくり返った。

すっとんきょうなその叫びの後に、震える言葉がついてきた。

『やだ、私、間違えちゃった……！　冷蔵で送ろうと思ってたのに……』

その後、彼女に聞いたところ、がちがちに凍ってしまったフォンダンショコラはしばらく冷蔵庫に置き、ある程度解けたところで電子レンジにかければ、問題なく食べられるのだそうだ。僕がほっと安堵したら、彼女もほっとしていたようだ。

しっかり『冷凍』のところにマークのついた送り状、彼女の小さな字で記された自分の名前を見ながら、ふと思う。

凍り付いてしまったものをゆっくり、ゆっくり解かしていくチョコレートは、僕たちの関係に似ている気がする。時間は掛かるけど、いつかはちゃんと解けるだろう。その甘さを味わうことだって、きっとできるに違いない。散々振り回されたりもしたけど、きっと、もうすぐ。

ホワイトデーは卒業式よりも後にある。

僕は彼女と同じ轍を踏まないよう、ちゃんと彼女の顔を見て手渡そうと思う。

▼僕たちの卒業（1）

二月の下旬、僕は佐藤さんに呼び出された。

『ちょっとだけ時間もらえないかな？　ううん、会いたいんだ、山口くんに』

大学入試の前期日程が終わり、その報告の電話をした時のことだった。自己採点の結果もおおむね満足のいくもので、そこですぐさま羽を伸ばすほど楽観的でもないけど、手ごたえも自信もあった。そのことを伝えたら佐藤さんはすごく喜んでくれて、そして僕にこう言った。

『卒業式前に直接会って、話したいことがあるの』

そう言われて期待を持たない方がおかしい。

僕だって佐藤さんに会いたかった。長きにわたる苦難の受験生生活はまだ終わっていないし、念のため後期日程の準備も必要だろう。前期の合格発表は半月後の卒業式前日で、その結果次第では薔薇色の三月にも、灰色の三月にもなり得る。だから卒業式前に会うなら今しかなかった。

本当なら合格の知らせと共に会いに行きたかったけど――でも佐藤さんに会いたいと言われて断るわけがない。

バレンタインデーにチョコレートをもらったから、ちょっとフライング気味だけどお返しも用意して、僕は佐藤さんに会いに行った。

待ち合わせ場所はいつもの駅前だった。

紺色のピーコートにマフラーを巻いた佐藤さんと落ち合った後、僕はそこから少し歩いたところにある、ありふれた児童公園へと誘った。こういう時は例えばふたりの思い出の場所なんかに連れ込むのが筋なんだろうけど、僕たちの思い出の場所と来たら学校のあの教室か、待ち合わせをする駅前か、そうでなければあの空港かというところで——どれもあり得なかった。特に三番目はだめだ。

だから、ふたりでブランコに乗った。

二月だけあって児童公園は人影もなく、僕はさりげなくベンチを勧めようとしたけど、それより先に佐藤さんが嬉々としてブランコに飛びついた。しょうがなく僕も隣のブランコに乗った。高校生にもなって、とは絶対言えない。言いたかったけど。

時折ぼんやりと陽が射すだけの、薄曇りの日だった。吹きつける木枯らしが冷たくて、佐藤さんのひとつ結びの髪も風に震えていた。公園の隅にはどろどろに汚れた雪が残っている。じっとしていると肌寒く、僕も結果的にブランコを漕ぐしかなくなった。動いていなければ凍えてしまいそうだった。

それで、話ってなんだろう。僕が聞きたくてうずうずしていると、ふいに佐藤さんが言った。

「山口くん、私ね、話したいことがあったんだ。聞いてくれるかな？」

彼女はゆらゆらとブランコを漕いでいた。揺れているせいで、笑顔のぎこちなさに気づくのが遅れた。

どんなこと、と問い返す前に彼女が、揺れながら語を継いできた。

「あのね。私、山口くんが好き」

寒さのせいで頬も耳も赤くなっている佐藤さんを、僕は呆然と見つめていた。

心の中では、ふたつのことを同時に思った。


どういう意味なんだろう。

これ、夢じゃないよなあ。


もちろん言うまでもなく、僕は佐藤さんが好きだ。

それはずっと胸に秘めてきたわけではなく、夏になる前、佐藤さん自身にはっきり告げていたはずの気持ちだった。

だけど彼女はその件に、その時以来一度も触れてこなかった。

『今すぐじゃなくてもいいから、僕のことを好きになってくれたらうれしい』

その言葉には頷いてくれた。でも、それだけだった。

態度だけは思わせぶりだった。デートの誘いを断られたことはないし、文化祭では僕の写真を欲しがった、あのネズミの格好のみっともないやつを。それにクリスマスプレゼントもくれた。思いっきり実用本位なやつを。バレンタインのチョコレートも貰っている。手渡しじゃなく、宅配便で。

脈はあると思っていた。思いたかった。

入試の結果が出たら、合格していたら、改めて尋ねてみようと決めていた。


そう思っていた矢先の今日の誘い、そして今の告白めいたこの言葉だ。

好きって、一体どういう意味で。これは事実なのか。夢オチとかじゃなくて。佐藤さんは何を考えてるんだろう。どうして急にそんなことを言い出したんだろう。好きって、何が好きなんだろう。佐藤さんは『好き』という言葉の意味をわかっているんだろうか。それすら怪しい。だって、佐藤さんだから。

「本当は卒業式に言おうと思ったけど……」

佐藤さんはブランコを漕ぎながら続ける。

「でも私、卒業式は泣いちゃいそうだったから。言うなら今しかないかなって」

それは僕も思っていた。佐藤さんは泣く。お決まりのセレモニーでもあっさり泣いて、涙の卒業式になる。だから僕もその日に告白するのはどうかと思っていて――。

だけどまさか、彼女の方から言ってくるなんて。

本当ならうれしい。でもその真意を確かめるまでは素直に喜べない。なにせ佐藤さんだ、思わせぶりに僕を振り回すのもいつものことだ。

だから、聞き返した。

「佐藤さん、それってどういう意味？」

「どういうって……」

聞き返されるとは思っていなかったのか、佐藤さんの乗ったブランコがきゅっと止まった。

寒さでかちかちの地面に靴の爪先をちょん、と着gけた彼女が、赤い頬で俯いた。

「……えっとね、その」

明らかに、これ以降は何を言うべきか、考えていなかった様子だ。急遽挨拶を頼まれたお偉いさんみたいなまごつき方をした佐藤さんは、やがて視線だけを上げた。

「もうすぐ卒業式だけど……」

木枯らしに掻き消されそうな小さな声で言う。

「これからも、仲良しでいてくれない……かな」

仲良し。

その言葉に、僕が抱いていた淡い期待はあえなく砕けた。木枯らしにさらわれて散り散りになった。

だって、それはつまり。

仲良しというのは、どう考えても、つまり。

「え……」

情けないもので、僕はそれしか言えなかった。

自分がどんな顔をしているのかよくわからない。天国から地獄とはこのことだ。いや、まだ希望は捨てない。捨てたくない。

深呼吸をする。

「その、佐藤さん。仲良しっていうのは、どういう……」

僕は恐る恐る尋ねた。

頬に次いで鼻の頭まで赤くした佐藤さんが、寒そうな手を胸の前で組み合わせる。

「あの、何て言うか。今までみたいに、会ったりできたらいいなって」

「今までみたいに？」

「う、うん。山口くんとは、仲良しでいたいなあって」

「仲良し？」

今度は黙って、佐藤さんが頷く。

確定、みたいだった。


八ヶ月前の告白の返事をこんな形でもらうとは、ショックだった。

いや、ショックなんて一言で片づけられるものか。視界がぐらぐらした。好きな子に『仲良しでいよう』なんて言われて平気な男がどこにいる。しかも向こうはこっちの気持ちも知っているはずなのに、その返事はせずに一方的に告げられてしまった。好きだと言ったのもつまりはそういう意味だったわけだ。

倒れそうになる。

でも――佐藤さんのことだから、悪気もないんだろうな。面倒だから、その気はないからあわよくば先の告白もスルーしてしまえ、などと彼女が考えるはずもない。佐藤さんはきっと、僕の気持ちをわかってなかっただけだ。

じゃあ、僕の伝え方が悪かったのか。

わかりやすく言ったつもりでいたけど、そういうことなんだろうか。

「え、えっと、山口くん？」

佐藤さんの声で我に返る。

慌てて首を強く振ると、視界は大きく左右に揺れた。ああそうだ、ブランコに乗ってたんだっけ。

彼女は隣のブランコにいる。もう揺れていない。

「あの……よかったら、返事、欲しいな」

小首をかしげる佐藤さん。その肩から、相変わらずのひとつ結びの髪が滑り落ちる。今日の彼女はピンクのリボンをしていた。僕があげたやつだ。

「返事？」

自分の声が重く落ちる。

返事って、何についての。

「だからその、さっきのこと」

言いにくそうにもじもじと、佐藤さんは睫毛を伏せた。見慣れたそのしぐさがいつになくかわいく見えて、ショックがぶり返してくる。

佐藤さんが好きだ。

ものすごく好きだ。

でも、

「仲良しでいたいってこと？」

僕は彼女の言葉を覚えていた。問い返せば、ゆっくりと頷かれた。

「……うん」

僕は、彼女の言葉を覚えていた。

それどころか、佐藤さんのことは何もかも覚えていた。初めて隣の席になった時の、なんとなくうんざりした気持ち。指を怪我して絆創膏を巻いてもらった時の、奇妙な動揺。お菓子を分けてもらった時の困惑。授業中に助け舟を出してやって、後でお礼を言われた時の気まずさ。それから――。

勉強のできない佐藤さん。運動の苦手な佐藤さん。そのくせ鬼ごっこなんて子どもっぽいことが好きな佐藤さん。先生によく怒られる佐藤さん。放課後、居残りをさせられている佐藤さん。クラスメイトによく笑われる佐藤さん。それでも、自分も一緒になって笑っている、佐藤さん。

好きだった。

ものすごく、むちゃくちゃに好きだった。

▼僕たちの卒業（2）

僕は、佐藤さんのためなら何でもできると思っていた。

他ならぬ彼女がそう言ってくれたからだ。佐藤さんの持っていないものを持っていて、彼女のできないようなことでも僕にはできるんだって。

僕はその言葉を信じていた。

好きな子に言われた言葉だ、どうして疑う必要がある？

今でも信じていた。

だから、

「ごめん」

言った。

「僕は、どうしても、佐藤さんが好きだ」

叫んだ。

「君が好きなんだ！　もう、どうしようもないくらいにっ！」

ブランコの鎖を握り締めて、身を乗り出し、隣にいる彼女の顔を見据える。ぎいと軋む音さえ遠くに聞こえた。

「ずっと好きだった！　前も言ったけど、今はその時以上に佐藤さんが好きだ！」

彼女は、この期に及んでぽかんとしている。

でもそういうしょうもないところも含めて全部、好きだった。佐藤さんはそういう子だ。そんなこととっくに知ってた！

「だから、絶対に嫌だ！」

声の限りに叫んだ。

恥も外聞もなかった。

「ただの仲良しなんて嫌だ！」

多分、今までで一番、素直になれた。

「それだけじゃ僕は、僕は、ちっとも足りないんだ！」

「――山口くん」

遮る彼女の声が、僕の叫びを残響ごと掻き消した。

隣のブランコで彼女は、こちらをじっと見つめ返してきた。表情は硬い。頬も鼻の頭も耳たぶまで真っ赤だった。

「私も好きだよ、山口くん」

震える唇がそう言った。

それから、ほんの少しだけ笑んで、続けた。

「ね、もしかして、私の言ったこと誤解してる？」

誤解なんてしようがない。

むしろいつも誤解してるのは佐藤さんの方じゃないか。僕の言うことをちっともわかっていなくて、鈍感で、とろくて、気が利かなくて。そういうところも好きだった。どう頑張ったって欠点としか受け取れないようなところも全部、好きだった。

ふふっと、場違いな笑い声が聞こえたのはその時。

「仲良しでいようって言ったの、多分、山口くんが思ってるような意味じゃないよ」

強張っていた表情が綻んで、佐藤さんはほっとしたような微笑を浮かべていた。

そうして声も穏やかに、諭す口調で僕に、言ってきた。

「あのね、同じクラスの、友達の仲良しじゃなくて……好きだから、クラスとか進路とか関係なくこの先もずっと一緒にいたいから、仲良し。こう言ったらわかる？」

わからなかった。

だって、仲良しって。そういうのは普通、仲良しって言わないだろ？

今までみたいに、と言われていたような気もするし。

「じゃあ、ええと……山口くんの彼女になりたい。こう言ったら、わかるよね？」

わかった。

わかったけど、ショックだった。

あの佐藤さんに、鈍い鈍いと常々思っていた佐藤さんに、噛み砕いて説明されてしまった。

「私の言い方、わかりにくかったかな……？」

「そりゃあ……それなりに、わかりにくかったよ」

僕は佐藤さんほど鈍くないつもりでいた、のに。

「ごめんね、山口くん」

「いや、別に、謝ってもらうようなことじゃないけど」

「でもうれしかったよ。山口くんにも、好きって言ってもらえて」

はにかむ佐藤さんが、照れ隠しみたいにブランコを揺らす。俯き加減の横顔を隣から見ている。

これからも、彼女の隣にいられるんだろうか。じわじわと何かが込み上げてくる。

「私も好き。すごく、好き」

佐藤さんは言う。

「あのね、いつ言おうか迷ってたの。山口くんが受験勉強で忙しい間は、言っちゃいけないかもなあって思ってた」

僕の方を見ずに言う。

「本当はバレンタインの時、言いたいなって思ったんだけど。クリスマスの時だって、そうだったんだけど」

そういえばチョコレートを貰っていたんだ。クリスマスプレゼントも。

「文化祭の時も、言っちゃおうかなってすごく迷ったんだ。でも……山口くんは受験生だから、落ち着いてからにしようと決めたの」

いかにも佐藤さんらしい気のつかい方だった。そのおかげでこっちは、文化祭でもクリスマスでもバレンタインデーでもあれこれと戸惑わされたっていうのに。

「でもね、卒業式までは待てそうになかった」

佐藤さんがちらと僕を見た。

「さっきも言ったけど、泣いちゃうかもしれないから」

恥ずかしそうに呟いた。

「山口くんと隣の席になってから、いろんなこと、本当に楽しかった。学校に来て、山口くんと会って、話をするのが楽しかったの。だから、いい思い出は全部、山口くんと一緒だよ。そういうこと振り返っちゃうから、きっと卒業式は泣くと思う、私」

僕は、佐藤さんのために何かできたんだろうか。

最初のうちは、冷たい態度だったと思う。優しさにも欠けていたと思う。素直じゃなかったと思う。それでも佐藤さんは、そう言ってくれるのか。

目の前がじわりとぼやけてきた。

なぜ泣く必要があるんだ。振られてない。失恋なんてしてないじゃないか。僕の気持ちもわかってもらえて、佐藤さんの気持ちもわかって、いいことずくめじゃないか。ここにあるのは幸せな結末だ。これからも隣にいられる。泣くようなことは何もない。

なのに、鼻の奥がつんとした。

馬鹿みたいだ。誰が泣くんだこんなことで。こんな、ごくありふれた幸せなことなんかで。まだ卒業式も、合格発表だって控えてるのに。

「山口くん？」

佐藤さんが、ふと怪訝そうに呼んできた。

だから僕は慌てて目元を拭い、ブランコからするりと降りた。

深呼吸してから、振り返る。佐藤さんはまだブランコに乗っている。はっきりと表情が見えていた。

笑っていた。

「ありがとう」

僕も自然と、笑えた。

「楽しかったよ、僕も。佐藤さんと隣の席になれて、本当によかった！」

そして、心から言えた。

隣の席が佐藤さんで、話す機会が持てて、そして好きになれて――よかった。本当によかった。


公園は人気がなかった。

歩み寄り、片手を差し出す。手のひらの上にホワイトデーのお返しを載せて。

「これ、ホワイトデーの」

物で釣るわけじゃないけど。

中身は去年と同じ、クッキーだ。そう告げたら、佐藤さんは照れ笑いを浮かべながらありがとうと言って、僕の手を取った。クッキーではなく、空いている方の手を。

温かい手だった。

彼女がブランコを降りたところを、ぎゅっと抱き寄せる。クッキーの包みを彼女の手のひらに押し込んで、もう片方の手も空っぽにしてから、ひとつ結びの髪に手を添える。

佐藤さんは抗わなかった。

それどころか、場違いなくらいに明るく、ふふっと笑ってみせた。

「……どうして笑うの、佐藤さん」

「だって。山口くんに抱き締めてもらうのは、初めてじゃないんだって思ったら」

そうだったっけ。

でも、そんなことはどうでもいい。

「付き合ってからは初めてだろ」

僕は言う。

僕だけ緊張しているのはあまりにも格好悪いから、釘を刺しておく。彼女にも多少は意識してて欲しい。これからは、今までのようにはいかない。

そのせいか佐藤さんもぎこちなくなる。よくよく見れば僕の腕の中、彼女は棒立ちになっていた。

目が合う。ぎくしゃく笑ってくる。

「うん、そうだね」

短い言葉さえたどたどしい彼女を、唇を結んで見つめる。

美人じゃない。でも好きなんだ。僕には佐藤さんじゃないとだめだと思う。そういう変わり者がひとりくらいいたっていいはずだ。ひとりでいいけど。

僕は佐藤さんが好きだ。何もかも全部。

黙って見つめている間に、木枯らしが三回吹きつけた。寒くはなかったけど限界だった。

意を決して、僕は口を開いた。

「じゃあ……これからも、よろしく」

「うん」

佐藤さんが頷いた。そのせいで、初めてのキスは唇を外れておでこに当たった。

やっぱり佐藤さんは、相変わらずどうしようもなく気が利かない。

卒業式の前に大学の合格発表があり、僕は晴れて志望校に合格することができた。

その報告も真っ先に『彼女』にした。彼女は、自分のことみたいに喜んで僕を祝ってくれた。


そして迎えた卒業式当日、佐藤さんは泣いていた。

本人の予告どおりだった。

特別美人じゃない佐藤さんは、目を真っ赤にしてべそべそと泣いていた。式を終えて教室に戻ってからも泣いていた。

湯川さんや斉木さんといった他の女子たちも泣いていた。新嶋に聞いた話では、式の最中に誰かがいきなり泣き始めて、それで一斉につられてしまったらしかった。連鎖反応みたいに涙が伝染して、クラスの女子の半数ほどが鼻をぐすぐす言わせている。泣いていない子も泣いてしまった子を慰めているうちにもらい泣きしてしまうらしく、女子たちと来たら酷いありさまだった。

すすり泣きの一大集団を形成している彼女たちには近づくことができなかった。

佐藤さんに、声を掛けたかったのに。


卒業したからって、これで最後じゃない、と僕なら言う。

考えられる限り、一番ましな慰めの言葉だと思う。

最後ではないはずだった。言ってしまえばクラスの連中とも今生の別れではない。

何かと理由をつけて会うこともできるはずだ、僕が佐藤さんにあげたクリスマスプレゼントのデジタルオーディオを、この先の口実にしたがっているように。

あるいは、そんな口実すらこれからは要らなくなるのかもしれない。

隣にいたいというだけで、会えるようになるのかもしれない。

佐藤さんは、僕が望むだけ隣にいてくれると思う。


「や、山口くんっ！」

涙声の叫びが聞こえて、僕はふと我に返る。

途端、視界を覆ったのは佐藤さんの泣き顔だった。

「行くよ山口、受け取って！」

それと彼女の背を押す、泣き笑い顔の女子たちが見えた。

次の瞬間には柔らかい重みが僕の身体に掛かり、危うくしりもちをつきそうになる。でもどうにか、両腕で受け止めた。

「ようやく付き合ったんだってね、お似合いじゃん！」

「遅いくらいだよ！　ほら、もっとくっつけ！」

クラスメイトたちの冷やかしの声が飛んでくる。からかい、口笛もほうぼうから聞こえる。

冷やかすくらいなら押しつけてくるなと思いつつ、今日は素直になっておく。せっかくの役得だからと佐藤さんを抱き締めた。佐藤さんも今日は僕にしがみついてきた。まだ泣いている。

みんなが慰めてやれと急かしてくるから、彼女の耳元で、囁いてみる。

「別に、これで最後じゃないよ」

思いのほか冷たい言い方になって、自分でどきっとした。

だけど以前はこんな物言いばかりしていたような気がする。これからは優しく、素直になれるだろうか。いきなりは無理でも、少しずつでも。

佐藤さんが小さく、頷いた。

「うん」

きっと僕の言いたいことをわかってくれたんだと思う。僕らしい物言いをしても、佐藤さんにはわかるんだ。もしかしたらあんまりわかってないのかもしれないけど、それでも半分くらいは汲んでくれただろう。

残りの半分もこれから先の未来でどうにかする。

だって僕は、佐藤さんのためなら何だってできる。この先素直になっていくくらい、全然どうってことないはずだ。

▼佐藤さんと僕の待ち合わせ

僕と佐藤さんは、よく待ち合わせをする。

晴れて高校を卒業し、現在の僕は大学生、佐藤さんは会社勤めの社会人だ。そんな僕たちはごく普通にお付き合いをしていて、その過程で休日に、こうして駅前なんかで落ち合う約束をする。

ふたりで会うのは初めてじゃないし、高校在学中からデートくらいはしたことある。だけど何度場数を重ねても、こうして彼女を待っている間はそわそわする。

いや、緊張してるわけじゃない。佐藤さんと会うのに緊張なんてしない。僕たちは二年間もクラスメイトだったんだから、今更ふたりで会うくらいで前の晩眠れなくなったり、落ち着かない気分になったりはしない。

ただ昨夜はベッドに入ってから雑誌を読んだりしたせいで寝不足だった。そして今日はとてもいい天気なので手のひらに汗をかいている。日なたに立っているせいで頭が熱くて、その熱が全身に回っているような気もする。

たったそれだけのことだった。

それにしても、佐藤さんが来ない。

何かと鈍くてとろい佐藤さんは、それでも待ち合わせにあまり遅刻をしてこない方だ。人を待たせるのが好きではないと言っていて、だから誰かと待ち合わせをする時はなるべく早めに家を出るのだとも話していた。現に僕と会う時は約束の二十分も前から待ち構えていることがあって、少し気が急いた僕が早めに待ち合わせ場所へ向かうと、それよりも先に来ていた佐藤さんが笑顔で手を振っている——なんてこともよくあった。

多分それは、彼女が昔、辛い待ちぼうけを食らったせいでもあるんだと思う。

僕はこの件に関してはあまり、というかできればもう二度と思い出したくもないんだけど、でも佐藤さんのことだからどうしても忘れられない。僕ならそんなことはしないと言い切れるし、佐藤さんも今はそう思ってくれている。だから彼女が二度とあんな思いをすることはないし、心配も要らない。

心配と言うなら今の佐藤さんだ。既に待ち合わせの五分前だというのにまだ来ていない。

まさか何かあったんじゃ、なんて気を揉むには少し早いかもしれないけど、佐藤さんならあり得る。いつもならこんなに遅くはならないからだ。

もしかして連絡が来ているかもしれない。そう思って携帯電話を確かめたけど、メッセージも着信もなかった。

だったらやっぱり、何かあったのかもしれない。

そう思ってきょろきょろと辺りを見回すうち――。

ふと後ろを振り返った僕の目に、佐藤さんの姿があっさり映った。

佐藤さんは白いオフショルダーのワンピースを着ていた。付き合い始めてからふたりで買い物に行った時、たまにはこんなのどうかなって僕が勧めた服だ。それを着ていれば佐藤さんも格段に大人っぽく見えるんだけど、いかにも運動音痴っぽいもたもたした動きと、醸し出す雰囲気はいつものままだった。僕は人混みの中から佐藤さんを見つけ出すのが得意で、今も人で溢れた休日の駅前の風景からいともたやすく彼女を見つけた。

だけどどういうわけか、佐藤さんは僕が振り向いた途端、近くの街路樹の陰に飛び込んだ。

――なんだ？

今の反応、まるで僕に見つかるまいとしているようだった。ちっちゃい子がやるかくれんぼみたいな。でもどうして僕から隠れる必要があるんだ。

僕は気づかぬふりをしつつ、さりげなく視界の隅で彼女を捉えた。

佐藤さんは僕が振り向きかけると隠れるけど、僕が顔の向きを戻そうとすると街路樹から首を出す。そして抜き足差し足でこちらへ近づいてくる。どうも、僕の背後を取ろうとしているらしい。

ということは、まさか、僕を驚かそうなんて子供じみた考えでいるのか。

佐藤さんがじりじりと近づいてきたので、僕は首を動かすのをやめ、正面に向き直ってから携帯電話を操作した。ミラーアプリを立ち上げて、画面を見るふりして僕の背後を映し出す。

既に佐藤さんは表情がわかるくらい傍まで来ていて、画面にはいたずらっ子にしては無邪気な彼女の笑顔が映っていた。

せっかくかわいい服を着てきたのに、何やってるんだか。

ともあれ彼女の魂胆はわかった。

恐らく僕の背後から『わっ』と声をかけるか、あるいは肩をとんとんとつつくかして、僕が驚く姿を見ようと思っているんだろう。

そういういたずらは佐藤さんらしくないと思うけど、同時にその子供っぽさはすごく佐藤さんらしく感じる。まあ、そういうところもかわいいと言えなくもない。

ただ、僕はいち早く彼女に気づいてしまった。

こういうことは対象に気づかれると上手くいかないもので、僕は佐藤さんが期待するほどには驚けないだろう。そうすると彼女はがっかりしてしまうかもしれない。

それに、僕もあっさり彼女を見つけてしまったことを気恥ずかしく思っている。彼女より先に待ち合わせ場所に到着してしまって、佐藤さんが来ないからと落ち着きなくきょろきょろして、そして人混みの中からたやすく佐藤さんを見つけ出す。まるで僕が佐藤さんを待ちきれなくてみっともなくうずうずしているみたいだ。事実そうなのかもしれないけど、そうだとしても、そうと見られたくないのが男心というものだろう。

だから僕は佐藤さんに気づいていないふりをしてあげなければいけない。

彼女が背後に立ち、『わっ』と大きな声を上げたら、さもふいを突かれたというように大げさに驚いてみよう。佐藤さんが来ていることなんて気づかなかったよ、みたいな態度で――多分、その方が佐藤さんも喜ぶ気がする。

僕は携帯電話の画面で佐藤さんの姿を確かめる。

彼女はもうあと三メートルほどの距離まで来ていた。僕が気づいているなんて知りもせず、にこにこと屈託のない笑顔で距離を詰めてくる。

そろそろかな。僕は迫真の演技を見せようと、静かに深呼吸をした。耳を澄まして いれば彼女の押し殺した息遣いが聞こえてくる。そして足元に落ちた僕の影に、彼女の影がそっと重なった。

来るか、と思った時だった。

突如、僕の背中に誰かがぶつかってきた。

と同時に僕の目が、柔らかい両手で覆われた。

「山口くん、だーれだ？」

その声は深く考えるまでもない、耳によく馴染んだ佐藤さんの声だった。

だけど、僕は息が詰まってしまって即答できなかった。

佐藤さんの行動が僕の予想から外れてしまったせいでもあるし、僕の視界を遮る彼女の手が温かくて、本当に柔らかかったせいでもある。

もしくは僕の方が背が高いせいで、僕の目を覆うには手を上へ伸ばさなければいけなかった佐藤さんが、僕の背中にぴったりと自分の身体をくっつけてきたせい、かもしれない。

ともかく僕は危うく握っていた携帯電話を落っことすところだった。

慌ててそれを握りしめながら、心臓が飛び出てきそうな口を開いた。

「さ……佐藤さん、だろ？　普通にわかるよ……」

僕の答えを聞いた佐藤さんは、僕の目からゆっくりと手を外した。

そして僕の背中から身体を離すと、背後から顔を出して僕を見上げてくる。

「せいかーい！　すごいね、山口くん！」

そう言った瞬間の佐藤さんは屈託なく笑っていた。

でもすぐに、心配そうな顔をする。

「あっ、ごめん。そんなに……驚かせちゃった？」

そんなに驚いた顔を、僕はしていたんだろうか。

そりゃちょっと動悸は激しくなっているけど、それは驚いたからというよりは――

いや、一応驚いたことに変わりはないか。なんだかまだ、背中が熱い。

「だ、大丈夫だよ。別に」

僕は慌てて首を横に振る。不安げに僕を見上げる佐藤さんに向かって、続けた。

「そんなに驚いてないよ。と言うか僕、気づいてたんだ」

「え？　本当？」

「うん。佐藤さんがにこにこしながらこっちに向かってくるの見えてたし、驚かそうとしてるのわかってた」

それは嘘でも何でもない本当のことだったけど、今言うとなぜか負け惜しみみたいに聞こえてくるから不思議だ。

「そうだったんだ……」

佐藤さんは納得したように頷き、それから安堵の笑みを浮かべた。

「山口くん、すごく目を丸くしてたから。驚かせすぎちゃったかなって」

「まあ、多少は驚いたよ。驚かせるにしてもいきなり声をかけるとかだろうって思ってたし、それなら僕も多少は驚いてみようかなって身構えてたけど、まさかそうくるとはさ」

嘘じゃないのに僕の説明はどこまでも言い訳がましい。まだ動悸が治まらないせいかもしれない。

「それも考えたんだけどね」

彼女はそこで照れたように頬を赤らめた。

「でも山口くんだったら、声だけでも私だってわかってくれる気がして……変だったかな？　こういうの」

声どころか、僕は佐藤さんなら遠くから見たその動きや雰囲気だけでわかる。

そういうのも別に変じゃないと思う。付き合ってるんだから、普通のことだ。

「変じゃないよ。僕も佐藤さんの声ならわかるし」

僕がそう告げると彼女は喜んだみたいだ。赤い頬のまま微笑んで、僕のシャツの袖を握る。

「ありがとう、山口くん。わかってくれてうれしいな」

「だから、そんなの当たり前だって」

言葉では軽くあしらった僕だけど、顔が緩んでくるのを抑えきれなかった。もちろん佐藤さんにもばっちり見られて、ますますうれしそうにされた。

「そうだよね。山口くんはすごい人だもん、絶対わかってくれるよね」

そこは『すごい人だから』じゃなくて別の言い方をして欲しいところだけど、僕も訂正する余裕はなかったし、何より佐藤さんが喜んでいるみたいだからよしとする。

とりあえずデートを楽しむためにも、早く気持ちを落ち着けて、佐藤さんの手を握らないと。

僕と佐藤さんはよく待ち合わせをするけど、そのくらいで緊張なんかしない。

でも今日みたいなことをされたら驚いてしまうと言うか、どぎまぎしてもしょうがないと思う。

まだ背中が熱い。

繋ぎ直した佐藤さんの手も温かくて、そして佐藤さんがちらちらと僕を見てきたから、僕の心臓はしばらくの間、うるさく鳴り続けていた。

▼僕たちの修学旅行リベンジ（1）

意外なことに、その提案は佐藤さんの方からあった。

「ねえ山口くん。もう一回、修学旅行に行かない？」

でも提案の仕方自体はある意味、いつもの佐藤さんらしかった。


高校を卒業してから四ヶ月。

僕は大学に通い始めていたし、佐藤さんは社会人として勤めに出ていたから、ふたりで会う機会はめっきり減っていた。

以前のように、教室へ行けば毎日佐藤さんの顔がある、ということは当たり前だけどない。幸いにも佐藤さんの仕事は土日祝が休みだったので、全く会えないということはなかったけど、毎日見ていたものが見られなくなるという事実は僕の生活サイクルを、ひいてはひとりの時の精神状態を大いにかき乱す結果となった。

有り体に言えば、つまり、寂しいってことなんだけど。

電話やメールには離れている時間を埋め合わせる力などなく、むしろ通り一遍の会話を終えた後でかえって辛くなった。やっぱり実際に会うことの効果には敵わないし、頻繁に会わなきゃやってられないと思う。僕の大学生活が表向き平穏無事に過ぎているのは、週末ごとに時間を作ってくれる佐藤さんのおかげだ。これはなかなか、本人に対しては言えなかったりもするけど。

だから日頃の感謝を形で示そうと、それとあと僕自身の実益もかねて、夏休みのうちに旅行でもどうかなと切り出そうと思っていた。今日辺り、会った時にでも。

それがまさか、こんな形で先を越されるとは。

「しゅ……」

絶句しかけた僕を、カウンターテーブルの右隣から、真面目な顔で見つめてくる佐藤さん。

たまたま入ったコーヒースタンドのカウンター席は高さがあって座りにくく、気を抜いていたらずり落ちてしまったかもしれない。でも僕はカウンター席が好きだ、なぜって、佐藤さんの隣に座れるから。

佐藤さんは甘ったるそうなアイスカフェモカのカップを手に、小首をかしげた。

「そういうの、変かな？」

変と言うなら佐藤さんの言うことはけっこうな高頻度で変だったりするから、クラスメイトでいた二年間でもう慣れっこになっていた――つもりだった。

しかしながらそれは、単なる思い込みに過ぎなかったのかもしれない。いつもの佐藤さんらしい提案は、僕の度肝を十分に抜いてみせた。

何言ってんだ、と思った。

「なんで、修学旅行？」

それでも聞き返す言葉は心の中より優しくしておいた。

説明を求めた僕に、佐藤さんはほんのちょっとだけ言いにくそうにしながら、

「あのね、私たちで行くなら修学旅行の方がいいかなって」

「ごめん。もっと意味わからない」

僕は優しさを三十秒で放棄した。むしろ三十秒持ったことを褒めて欲しい。

「どうして僕と佐藤さんなら修学旅行って名目になるんだ。まるで授業の一環で行くみたいじゃないか」

忘れてもらいたくないことだけど、僕と佐藤さんはもはやただの元クラスメイトではなく、普通に付き合ってる間柄だ。わざわざ修学旅行なんて名乗らなくてもふたりで旅行したって差し支えないと思う。

というかたとえ友達同士だって、卒業してから『もう一回修学旅行に行こう』なん

て言わないはずだ。わかりきってることだけど、つくづく佐藤さんは変だ。

　まあ、百歩譲って佐藤さんの真意を推し測ってあげるなら、佐藤さんは神社とか仏閣とか城とか、そういうものを見に行きたいって言いたいんじゃないだろうか。

　そういう旅行は確かに修学旅行っぽいし、だけど付き合ってる相手と行く先にしてはなんというか地味だし、でも地味っていうのはいかにも佐藤さんらしいから似合うような気もするし、実は昔から史跡巡りが好きだったの、なんて言われても別に驚かない。っていうかとてもしっくり来る。


　佐藤さんが考え込むみたいに俯いたので、僕はしょうがなく、一度は放り投げた優しさを取り戻してみる。

「寺とか、好きなの？」

「……えっ？」

「そういうの見たいから言ったんじゃないの、修学旅行って」

　僕の言葉に佐藤さんは二、三度瞬きをしてから、

「あ、そうじゃないの。もちろん嫌いじゃないけど、そういうことじゃなくて」

　かぶりを振ってみせた。

　やっぱり嫌いではないらしい。でも、そういうことじゃないっていうのは――。

「えっとね」

珍しくためらうような、迷うようなそぶりで佐藤さんが続ける。

「去年、修学旅行に行ったよね」

「うん」

「その時……ほら、山口くんとは、あまり一緒にいられなかったから」

そこまで言った時、彼女は僕を見てはにかんだ。

「だからふたりで旅行するなら、まず修学旅行をやり直したかったんだ」

佐藤さんは僕の古傷を抉るのが得意だった。

悪気はないとわかっていても、思い出したくない記憶につい苦笑したくなる。


去年の春、修学旅行に出かけた僕たちは、旅先で初めての喧嘩をした。

今のところ喧嘩と呼べるのはその時、一度きりだった。それ以降は些細な言い争いですらしたことはない。

いや、その時だって言い争いなんてほとんどしなかった。僕は佐藤さんの望まない言葉をぶつけただけで、対して佐藤さんはごめんなさいと前置きしてから、きっぱりと言い切った。

――私、誰にも迷惑かけてない。

そう言った佐藤さんの気持ちは、今ならちゃんとわかる。当時の彼女にとっては現実として隣にいる僕よりも、顔も知らない相手の方が近い存在だったことも、悔しいけど知っている。だけど、僕がその時優しい言葉をかけられなかった理由だってわかって欲しいと思う。

高校生活で一度きりの修学旅行は、おかげで苦い思い出にしかならなかった。あの出来事があってこそ今の僕たちがある、というのは単なる結果論というやつで、実際には散々苦しめられて酷い目に遭ったし、どうにか落ち着いた今となってもできることなら忘れていたい記憶でしかない。

それを容赦なく掘り起こしてくる佐藤さんにも困ったものだ。

「さすがに、北海道まで行くのは無理だけどね」

僕の反応を勘違いしている佐藤さんは、同じく苦笑いしてみせた。

「でもあの時にできなかったことをやり直すくらいならいいかなって……。私、山口くんとだって楽しい思い出作りたかったんだもん。山口くんはどう？」

「僕だって同じだよ」

肩をすくめてとりあえず答える。

そりゃあ気持ちは同じだけど、僕だって佐藤さんと楽しい思い出だけ作りたいからこそ、片想い時代の出来事なんてすっきり忘れていたいわけで。わざわざ鮮明に蘇らせてくれなくてもいいのに、その辺りは相変わらず気が利かない。

「よかった。じゃあ、どこかに行こうよ」

ともあれ佐藤さんが胸を撫で下ろしたのがわかったから、賛成したのは正解だったようだ。修学旅行という名目はやっぱり気に入らないけど、ふたりで旅行をするという事実には変わりないのだし、今度こそ楽しい思い出を作ればいい。僕も前向きに気持ちを切り替えてみる。

そうなると重要なのは、どこへ行くかだ。

「佐藤さんはどこへ行きたい？」

早速水を向けてみると、佐藤さんは似合いもしない難しい顔をして考え始める。

「うーん……どこ、っていうのはないんだけど」

「寺とか城とかは？」

「あ、そういうのでもいいんだけどね。あの、どっちかって言うと」

そこで彼女はえへへと笑って、

「電車に乗って、ふたりでお菓子食べたりとかしたいの」

僕は喉元まで出かかった『それ、別に旅行じゃなくてもいいんじゃ』という言葉を呑み込む。いやこういうのは気分の問題なんだよ気分の。せっかく佐藤さんがその気になってるのに僕がそれをぶち壊しちゃいけない。本当はものすごく言いたい、鋭く突っ込みたいけど。

「それからふたりで地図を見ながら歩いたり、それで道に迷ったりとかするのも、旅っぽくない？」

迷うの前提なんだ。

「あと、一緒においしいものを食べたりもしたいな」

そして色気より食い気なんだ。

「ふたりで写真撮ったりとか、スタンプ押すのもいいなあ。どう？」

「まあそれなら、旅行っぽいと言えなくもないかな……」

野暮な突っ込みを次々に呑み込んだので喉が渇いてきた。僕は曖昧な同意をした後で、しばらく放置していたアイスコーヒーを飲む。すっかり氷が溶けてしまって、ただただ水っぽい味がした。

「じゃあこれから本屋でも行って、ガイドブック眺めながら考えようか」

「賛成！　楽しい旅行にしようね、山口くん！」

屈託なく笑う佐藤さんは、高校時代と全く変わってないように見える。その顔をかわいいと思ってるのも、相変わらず僕だけだろう。

結局は僕も、行き先なんてどこでもよかった。

佐藤さん相手にそう言ったら永遠に決まらなさそうだから、黙ってたけど。

▼僕たちの修学旅行リベンジ（２）

八月後半のある土曜日、僕たちは朝早くから旅に出た。

日帰り旅行となれば気楽なもので、切符は当日券売機から購入した。乗り込んだのは特急でも何でもない普通の電車だ。行き先は電車で六駅ほど向こうの港町、はっきり言って学校の宿泊研修なんかよりもずっと近場。でもそういう近場こそ機会でもなければに行かないものだし、有名な観光地より目新しかったりもする。せっかくふたりきりの旅行なんだから、乗り換えやら接続やらで時間を取られるのも嫌だった。

港町なら当たり前だけど海があるし、おいしい店もあるようだったし、あとガイドブックには寺か神社がいくつか載っていたから、見るものがなくなったらそっちを回ろうと思って決めた。僕独自の提案を佐藤さんもふたつ返事で賛成してくれた。

ふたり掛けの席に並んで座った。

電車が動き始めた途端、佐藤さんがリュックサックからお菓子を取り出した。全くこういう時だけは迅速だ。

「山口くん、どれ食べる?」

以前からそうだったけど、佐藤さんは荷物が増えたり重くなったりしてもあんまり気にしない子だった。今時の女の子というやつは大抵、何が入ってるんだろうというくらい小さいバッグを持ち歩いてるものなのに、彼女は山でも登るつもりみたいなリュックサックを持ってきた。

別の意味で、何が入ってるんだろうと思う。佐藤さんの服装が微妙なのは今に始まったことじゃないし、いいんだけど、くたびれないのかな。

佐藤さんは行商人のようにお菓子を次々取り出しては、僕に見せた。

「クッキーと、おせんべいと、ポテトチップスと……あ、チョコレートは外出ると溶けちゃうから、早めに食べちゃおうね」

「たくさん買い込んできたんだね……」

そのラインナップの豊富さに圧倒されてしまう。本気で登山するつもりなんじゃないだろうか。三日は持ちそうだ。

「それとね……」

まだ何か出てくるのか。

リュックの中を覗き込んだ佐藤さんは、呆れる僕に気づかずに、

「山口くん、みかん好きだよね」

やぶからぼうな質問をぶつけてきた。

「え？　うん、まあ、好きと言えば好きだけど」

僕が訳もわからず頷けば、たちまちうれしそうな顔をしてみせる。

「そう思って用意してきたの。冷凍みかん」

今時の女の子っぽくない、という表現は控えめ過ぎたようだ。いくら旅行とは言え、デートに冷凍みかんを持ってくる女の子はそうそういまい。少なくとも僕は想像もしてなかった。

そういえば、去年のクリスマスプレゼントのひとつもみかんだったな。ああそうか、それで佐藤さんは、僕がみかんを好きだと思って、わざわざ持ってきてくれたんだろうか。

「これ、手作り？」

手渡されたみかんは表面がひんやりと冷たく、ところどころに薄い氷の膜が残っていた。佐藤さんはわざわざクーラーバッグに入れてきたらしい。気が利くと言っていいのかどうか。

「うん。上手く氷が張ってるでしょ？」

そして佐藤さんが得意げに笑うから、僕もつられて、脱力しつつ笑ってしまう。

彼女の手作り冷凍みかんは、既製品のお菓子類よりもはるかにおいしかった。八月の旅行にはぴったりの品だ。でもちょっと褒め過ぎたかもしれない。

佐藤さんは僕の反応に気をよくして、

「また作ってくるね！」

などと言い出した。

次のデートの行き先もよく吟味しなくちゃいけないようだ。彼女のことだ、どこへ持ってくるかわかったもんじゃない。

なんにせよ、リベンジ修学旅行の滑り出しは上々だ。

ふたりして車窓の景色も見ず、食べたり喋ったりばかりしていたけど。

「こうしてると、旅に出たって感じがするね」

僕にお菓子を分けてくれながら、佐藤さんがうきうきと言う。

ひとつ結びの髪と無邪気な表情。見ていて飽きないのは変わらない。

変わったのはそんな彼女を、穏やかに眺めていられる僕の方なのかもしれない。

大学には、佐藤さんみたいな子はいなかった。

そうそういないだろうなと思っていたけど、本当にいなかった。

もしかしたらどこかにはいるのかもしれない。僕の目によく留まるような『今時の』垢抜けてる女の子たちの陰に隠れて、佐藤さんみたいな大学生もひっそり存在しているのかもしれない。だけどそういう子を見つけられたとしても、佐藤さんの代わりにはできっこないし、探すこと自体が全くの無意味のはずだ。

なのに僕の目は、いつも佐藤さんを探していた。

隣じゃなくても、どこかにいそうな気がしていた。

少なくとも今まではそうだったから。あの騒がしいC組の教室のどこかには佐藤さんがいて、あまりにも地味で垢抜けないからどんな女子生徒よりも真っ先に目について、それでたまたま彼女も僕の方を見ていたりすると、子供っぽく笑ってくれたり、小さく手を振ってくれたりした。

大学の、ようやく通いなれてきた構内や、席順の決まっていない講義室や、びっくりするほど人の集まる食堂や、あるいは一気に増えた新しい友達と馬鹿なこと言い合ってる時も、僕はいつの間にか佐藤さんを探していた。抜けない癖みたいに、無意識で。いつもすぐ隣にいるような気がするのに、でも絶対目には留まらなかった。当たり前だ、佐藤さんはもうクラスメイトじゃないし、大学生にはなってない。一緒の道に進んだわけじゃないんだから、いつでも隣にいるなんてこともない。

――そう気づく度に、無性に寂しくなった。

それからいつも、佐藤さんに、じかに会いたくなった。

今日はそんな思いをすることもない。日帰りの小さな旅だけど、終わるまではずっと隣にいられる。古い記憶も新しい寂しさもあっさり吹き飛ばしてしまえるような、楽しい楽しい楽しい旅行になるといい。こればかりは素直に、そう思う。

所要時間、二時間弱ほどで目的地に到着した。

港町の駅はさほど大きくなく、売店と食堂が軒を連ねているだけだ。客入りもいまいちな様子ではあるけど、僕たちもそこには用がなく、改札を抜けた後はさっさと駅を出てしまった。

外は陽射しが強かった。わかりやすく潮の香りもした。

「あっつーい」

佐藤さんですら思わず呻くほど、暑い。

潮風は爽やかどころかむわっとした熱風でしかなく、駅前のレンガ色っぽい石畳はからっからに乾ききっている。街頭のデジタル温度計が忌々しい数字を叩き出しているのを見て、僕は電車で食べた冷凍みかんを恋しく思う。

こんなところで立ち止まっていたら、あっという間に干からびそうだ。

「どこ行こうか？」

僕はガイドブックを開き、

「涼しいところがいいね」

それを覗き込んでくる佐藤さんは、少しばかり情けない笑みを浮かべている。相当暑いんだろう。背負ってるリュックが心配になる。

「じゃあ夏らしく、海でも目指してみる？」

「いいね。もうちょっと涼しい風に当たりたいかも」

「なるべく涼しいところとか、日陰を通ってさ。途中で小休止を取りつつ」

「わあ、それいい。のんびり行こうよ、まだ時間たっぷりあるし」

例によってふたつ返事の佐藤さん。

僕も提案が受け入れられたことに気をよくしつつ、まずはガイドブックから海までのルートを導き出す。

いくつか事前に目星をつけていたので、適当な道はすぐに見つかった。駅の近くの川沿いにサイクリングロードがあって、その道は川の流れを追いかけながらやがて海岸通りまで繋がるとのことだ。

駅近郊には貸し自転車の事務所もあり、観光客向けらしく決して安価ではないけど、でも知らない街で自転車を乗り回すっていうのもなかなか愉快そうだ。

それにほら、自転車ならリュックサックも邪魔にならないだろうし。

「自転車を借りようよ、佐藤さん」

するると佐藤さんは怪訝そうに聞き返してくる。

「そんなことできるの?」

「あるんだって。ガイドブックに書いてある」

「山口くんすごーい。よく見つけられたね!」

何やらものすごく感心されてしまったので、僕は『昨日までみっちり読み込んでたから』という言葉をついに口にできなかった。

別に是が非でも打ち明けたかったことでもないから、いいんだけど。

ただ、修学旅行なら事前の予習ってやつは大切じゃないか。

僕たちはその足で自転車を借りに行き、それから川沿いのサイクリングロードを走り出した。

佐藤さんが自転車に乗れなかったらどうしようかと思っていたけど、いくら彼女でもそこまで酷くはなかった。ただ決して上手いわけでもなかったから、じっくりのんびり漕いでいくことにした。

途中、何度か休憩を取った。

サイクリングロードの合間合間に小さな、緑に囲まれた公園があって、そこの木陰で一息ついたりもした。そのうちのひとつで、また上手い具合にソフトクリームの売店があったりもして、僕たちはまんまと商売戦略に引っかかってしまった。

「食い倒れの旅って感じがしてきたな」

僕がぼやくと、佐藤さんはむしろ大歓迎って顔つきでえへへと笑う。

その頬骨の辺りにソフトクリームがついているのを見つけて、なんでそんなところについちゃうんだろうなあ、と僕は思う。佐藤さんらしい。

しかしこの旅は、実に、実にのどかだ。

▼僕たちの修学旅行リベンジ（３）

コンクリート造りの川岸をしばらく走った。

浅い流れの水面には木漏れ日と緑の影が落ちていて、魚のうろこみたいな模様で光る。ところどころに藻が浮いていて、決してきれいな川でもなかったけど、自転車を漕ぎながらよそ見をする分には十分涼しげに、眩しく映った。

旅先の、知らない川だからというのもあるのかもしれない。地元の人たちからすれば割とどうでもいいどぶ川一歩手前の流れだったりするんだろう。それが妙に光り輝いて見えるのは、間違いなく今が旅行中だからだ。

隣では佐藤さんが自転車を漕いでいる。

平坦な道ではのんびりと、ちょっとでも上り坂になろうものなら途端にふらふらと危なっかしい感じになって、だけど僕としては下りに差しかかった時、両足を伸ばして歓声を上げげて、意気揚々と滑り降りていく姿に一番はらはらさせられる。

佐藤さんは自転車に乗っても子供っぽい。しつこいようだけど、社会人なのに。


そのうちにサイクリングロードは唐突な終わりを迎え、僕たちは何の覚悟もないまま岸壁と消波ブロックの山と防波堤と、景色を二分割する水平線とに出くわした。

真横に走る片側一車線の海岸通り、信号のない横断歩道で数十秒足止めを食らった後、やっとのことでぴかぴか光る海を眺められた。その時点で『海に着いた！』なんて感慨は吹き飛んでいて、代わりに汗が噴き出してくる。鬱陶しい。

「わあ、海！」

それでも佐藤さんは、見ればわかるようなことをお約束みたいに叫ぶ。

僕も潮風が心地いいので特に突っ込んだりはしない。ようやく波の音も聞こえてきたし、いかにも夏らしい旅行になってきた。

岸壁の傍で一度自転車を停めてから、早くも海岸の景色にかぶりつこうとする彼女を引き戻すべく尋ねる。

「で、どっちに行く？」

「どっちって？」

不思議そうな佐藤さんに、左右それぞれの方向へ繋がる岸壁を指し示した。

右方向には砂浜が見える。なだらかに広がっている砂浜はじきに、人で混み合う海水浴場へと続く。ところどころに立つパラソルの派手な色合いと、三軒ほど並んだ海の家らしきものまで確認できた。今日みたいな日は海水浴日和でもあるだろう。

左方向は漁港のようだ。岸壁をずっと目で追っていけば、小さな釣り船が肩を並べて停泊しているのが見えてくる。ちょうどお昼時だからか沖に出ている船はほとんどなく、揃ってぷかぷか浮かんでいるのが、いかにも港町って感じがしていい。

さて、佐藤さんはどっちの海が好きだろう。

「あんまり人が多くない方がいいな」

意外にも、彼女は海水浴場の方に難を示した。

好きそうだと思ってたんだけどな。海の家とか、そこで売ってるかき氷とかラムネとか焼きそばとか、色気より食い気の佐藤さんなら。でも彼女のことだ、泳ぐのはきっと不得意だろうから、そういう意味で海水浴場はたとえ見るだけでも嫌なのかもしれない。

――と僕がそこまで考えた時、こっちの意外そうな反応を見て取ったんだろう。

言い訳みたいにぽつりと、

「だって、今日はデートだよ。静かなところの方がいいよ」

僕をやり直しの修学旅行に駆り出した張本人が、そう言った。

「修学旅行って最初に言ったの、佐藤さんじゃないか。デートのつもりもないのかと思ってた」

冗談交じりに指摘してやれば、佐藤さんも少し笑った。

でもその後で、拗ねたような顔も作ってみせる。

「言ったのは私だけど、でも、本物の修学旅行とはやっぱり違うもん。ちゃんと違うつもりだったよ」

「僕はてっきり、現地で勉強もするつもりだったのかと」

「しないよ！　……それに向こうは水着の人ばかりだけど、私、水着持ってきてないもん」

そして付け加えるには、

「山口くんはそれでも、海水浴場がいい？」

僕は思う。

むくれてる佐藤さんって貴重だ。そしてかわいい。

もしかしたら佐藤さんは、海水浴場に行ったら僕がよその水着の女の子に見とれたりするのが心配なんじゃないだろうか。向こうには水着の人がいっぱいいるけど、佐藤さんは水着を持ってきてないから、それで珍しく拗ねてるんじゃないか――とか考えるのは、さすがに僕に都合のよすぎる妄想かもしれない。

ともかく、そんな彼女を長く拗ねさせておくわけにもいかない。

僕は漁港の方をもう一度指差した。

「じゃあ海水浴場は止めとこう。あっちに行ってみる？」

「うん」

やっと佐藤さんが頷いて、行き先が決まった。


お互いくたびれたというほどではなかったけど、ずっと自転車を漕いできたのと、昼時の強い陽射しとも相まって、なかなか汗が引かなかった。

だから漁港の辺りは自転車を押して、ゆっくりと歩いた。

賑わう海水浴場とは対照的に、こちらの方には人気がなかった。ただ海岸通りを走り抜ける車の量は多かった。八月後半の土曜日、これからどこかへ出かけようって人もけっこういたのかもしれない。

「修学旅行のやり直しって、おかしかったかな」

佐藤さんは今更そのことを気にしているらしい。ひとつ結びの髪を潮風に揺らしながら、少し浮かない顔をしてみせる。

僕としては、初めに切り出す前に考えといて欲しかった。

「最初に言われた時は、何事かとびっくりしたよ。だって修学旅行なんて、高校卒業したらもう縁のないものだと思ってたし」

正直に応じると彼女はあたふたし始める。

「でも、でもね。山口くんとはもう一回修学旅行がしたかったの。あっ、もちろんデートだけど。デートだっていうのが大前提だけど！」

その落ち着かない様子に僕はつい、にやにやしてしまう。

もっとも佐藤さんの前でそんな弛(ゆる)んだ顔はしたくないから、口元を必死に引き締めていた。しかしさっきの拗ねた顔といい、僕の反応を気にしつつ慌ててる感じといい、実にいいものを見た。

普段とはどことなく違う彼女、ってのも旅の醍醐味のひとつかもしれない。

いつもこうでも、ちっとも構わないんだけどな。

「山口くんはあの時のこと、気にしてなかった？」

自転車を押しながらだからか、佐藤さんの言葉はいささか足りなかった。

あの時のこと、が何を指すか、にやつきを堪えるのに必死だった僕が悟るまで、時間がかかった。

「……ああ、それか」

よりによってそのことをずばりと聞くかと思ったけど、まあこれも旅の醍醐味ってやつだ。僕も素直に答えてみる。

「気にしてなかったわけでもないけど、それ以上に、思い出したくなかった」

右隣の佐藤さんがはっとしたように僕を見る。

傍らの車道を、サーフボードを載せた車が何台か通り過ぎる。僕はエンジン音に水を差されるのも嫌なのでしばらく待った。

車道が静かになって、波と風の音だけになってから、改めて口を開く。

「だってさ、佐藤さんはそうじゃなかっただろうけど、あの頃から僕は――」

思い出したくないことを思い出す。

「――僕は、佐藤さんが好きだったから」

今なら言える。

平然と、とまではいかないものの、必要になれば、そういう局面であれば何度だって言える。

　でもあの頃はそうじゃなかった。彼女が気になって気になってしょうがなかったくせに、言えないどころかそもそも認められなくて、考えたくもなくて、結果的に僕は佐藤さんを傷つけた。そして諍いになって、仲直りをして、それでも彼女の心が僕の方を向いてないと思い知らされた時、初めて気づいた。

　佐藤さんが、ずっと前から好きだったんだ、って。

「片想いの記憶なんてろくでもないよ、本当。いいことなんてひとつもないし、辛い思いはいくらでもしたし。思い出さずに済むならその方がいいくらいだ」

　僕が言うと、佐藤さんも顎を引く。

「うん。わかるよ」

「そこでわかられるのも複雑なんだけどな……」

　そしたら気になっちゃうじゃないか。佐藤さんはいつ片想いの辛さがわかるような経験をしてたんだよとか。その時の相手は誰なんだとか。そういう、辛い記憶にも匹敵する腹立たしい想像まで巡らせちゃうじゃないか。勘弁してくれ。

「あっ、ち、違うの！　そういう意味じゃなくって、あの」

　彼女はまた慌てふためいて、すぐに言い直した。

「山口くんの気持ち、今はしっかり伝わってるよってこと！」

「本当かな。佐藤さん、時々わかってないんじゃないかって気もするんだけど」

「本当だってば。それに私も……山口くんが、好きだよ」

終わりの方はごにょごにょっと、呪文でも唱えるみたいに言われた。

僕も大概甘い奴で、今の言葉と急に俯き出した彼女を見てたら、あとはもういいかななんて気分にさせられる。

古い記憶はこの辺で捨ててしまって、新しい思い出だけ持ち帰ればいい。お互いに必要なのは高校時代のやり直しじゃない。こうして気持ちが通じ合ってる以上は、余計なことを考える必要だってない。

「なら、もっと楽しい思い出を作ろう」

僕は気を取り直して、元気よく促した。ついでに、

「とりあえずそろそろ昼ご飯の時間だし、何かおいしいものでも食べようよ」

佐藤さんが喜びそうなことも言ってみた。

色気より食い気の佐藤さんはたちまちのうちに顔を上げ、僕もいそいそとガイドブックを——すっかりよれてるやつを取り出して、この辺でご飯の食べられそうな店を探してみる。

結果、海鮮丼がおいしいと評判らしい店を見つけた。

港町の旅らしくていいかなと、そこまで足を伸ばしてみることにした。

▼僕たちの修学旅行リベンジ（4）

海鮮丼は、評判どおりにとてもおいしかった。

でもひとつ誤算だったのは、評判の店にちょうど昼時に行ってしまったことだ。僕たちがその店を見つけた時、店の前にはちょっとした行列ができていて、その列に加わってから店に入れてもらえるまで、そして目当ての丼が出てくるまでにかなり時間を取られてしまった。


やっとのことで食事を終え、店を出てきた頃にはもう午後二時を過ぎていた。

「おいしかったねえ、お刺身」

佐藤さんがいたくご満悦のようだったから、僕も待ち時間を愚痴る気にはならなかったものの――彼女と来たら、食べ終えた今でも頬っぺたがぽたぽた落っこちそうな顔をしてる。よっぽどおいしかったんだろうな。

そんな顔見せられたらこっちだって、笑わずにはいられない。

「そうだね。やっぱり食い倒れの旅って感じだ」

僕はそう言って、改めて腕時計を確認する。

午後二時を過ぎている。

「もうこんな時間なんだ……そろそろ戻った方がいいのかな」

佐藤さんも僕の時計を覗き込み、そう尋ねてくる。

「帰りの電車のことを考えたら、その方がいいかもしれない。自転車だって返さなきゃいけないし」

「そっか……」

僕が答えると肩を落として、それでも小さく笑んでみせた。

「でも、ゆっくり行くくらいの余裕はあるよね？　さっきよりももっとのんびり戻らない？」

低速運転のくせに安全運転では決してない佐藤さんが言うから、僕はどこから突っ込んでいいのか困った。とりあえず、疑問は呈した。

「さっきよりも？　そんなに遅く漕げるかな」

「ううん、そうじゃなくて。押して行こうよ。あ、山口くんが疲れてなかったら、だけど」

疲れてはいなかったし、僕ものんびり戻ること自体には異存ない。せっかくの自転車とサイクリングロードをわざわざ歩いていくのも妙な気がしたけど、佐藤さんがそうしたいならと合わせることにした。自転車を押しながらなら、話だってできるし。

話したいことはたくさんあった、ように思う。

僕は佐藤さんに対しては昔からそうで、ひとりでいる時はあれを話そう、今度こそああ言おうと考えるくせに、佐藤さんと会っている間はそういうあれこれがすっかり抜け落ちてしまう。

彼女と一緒にいるだけで満足してしまうのか、それとも彼女と一緒にいるから、下手なことは言うまいとするブレーキが働くのか——そしてまたひとりになった時に後悔するんだから始末に負えない。

高校を卒業して、毎日会えなくなって寂しいとか。

でもこうして会ってくれてるからすごく、すごく助かってるとか。

今日の旅行は本当に楽しくて、いつもと違う佐藤さんが見られたのがうれしくて、でもまだ終わりって時間でもないんだから、もう少しくらいいい思い出ができたらいいな、とか。

そういう気持ちは今のうちに、今こそ伝えておくべきなのかもしれない。旅に出ている今なら、いつも言えそうにないことだって告げられそうだ。

自転車を押して辿るサイクリングロードはまだ十分に明るくて、なのに全然人気がなかった。

どぶ川一歩手前の川沿いじゃ、地元の人には好まれないのかもしれない。旅行中の僕たちにはこんなものでもきらきら光って見えるんだけど。

沈黙の中、僕が最初の一言を考えあぐねていると、佐藤さんが先に口火を切ってしまった。

「旅行、楽しかったね」

彼女は既に、帰りの会モードだった。

楽しかったって、過去形にされてしまった。どうやらこの旅行をもう締めくくるつもりでいるらしい。まだ午後二時なのに、まだ駅にも着いてないのに、この気の利かなさは実に佐藤さんらしい。

「家に帰るまでが旅行だよ」

そしてそんな彼女に、どう不満を伝えていいのかわからない僕にも困ったものだ。

今の言葉は何だか拗ねたみたいに響いて、佐藤さんがびっくりした様子でこっちを見たから、僕の方が慌ててしまった。

「あ……いや、別に、楽しかったのは僕もそうだけど」

とっさに取り繕うと、佐藤さんは安心したように笑った。

「そっか。うん、まだまだ旅行中だよね」

その後すぐに、傍を流れるコンクリ造りの川に目をやって、

「まだ帰りたくないって思うよね」

ぽつんと零す。

佐藤さんの言うことなのでそこに色気なんてかけらもあったものじゃなくて、深読みする気にだってなれはしなかった。

もっとも僕は僕で似たようなことを考えていたから、動揺するのもおかしいのかもしれない。下心を抜きにしても、佐藤さんとずっと一緒にいたいのは事実だ。少なくとも高校時代は毎日のように会っていたんだから。

今はそうもいかない。佐藤さんは月曜日からまた仕事に行くんだろうし、僕は今こそ夏休みの真っ最中だけど、それが終わってしまえば佐藤さんのいない大学に通わなくてはいけなくなる。そしていつものように、いないってわかってる彼女を探す日々を送るわけだ。

もう少し新しい思い出を、それもとびきりいい思い出でも作っておかないと、全くもってやってられない。

――と僕は思うんだけど、佐藤さんはどうだろう。

「修学旅行のやり直しは、上手くいった方かな」

勾配の緩い上り坂は自転車が重くなる。そこを越えた辺りでやっと、切り出した。

道が下りに切り替わり、まるで待ち構えていたように佐藤さんも頷く。

「うん。来てよかったって思う」

「僕も。……でも、考えたんだけど」

同じく頷いた僕は、さらに続けてみる。

「僕たちの場合、やり直しが必要なのって、修学旅行に限ったことでもないよな」

「山口くんも？」

そこで佐藤さんは意外そうに、少しうれしそうに目を丸くした。

「私も同じこと思ってた。やり直しておきたいこと、たくさんあるよね」

意外だというならむしろ僕の方こそ、だけどな。佐藤さんが同じことを思っている
――とはいや『やり直したいこと』そのものまでそっくり一緒だとは考えてない。彼女ならきっと、僕にとってはすごくどうでもいいような、色気もへったくれもない事柄を挙げるはずだ。

そういう用件は先に済ませておくに限る。僕は彼女の言葉を促す。

「佐藤さんのやり直したいことって、何？」

「いっぱいあるよ。すごく、いっぱい」

彼女は思いのほか真面目な声音で答えた。先を急ごうと逸る自転車を制するためか、ハンドルを掴む手はぎゅっと握られる。

「覚えてるかな、山口くん。卒業式の前に、公園で話したこと」

「もちろん。当たり前だろ」

「ありがとう。……あの時、言ったよね。私、山口くんがずっと前から好きだったけど、でも言えなかったんだって」

佐藤さんの言う『ずっと前から』は僕と比較すればそんなに前でもないはずだ。それでも佐藤さんを待たせていたのは事実だ。僕はタイミングを計りつつ、佐藤さんが僕の方を向いてくれるのを待っているつもりだったけど、本当はその間、彼女をひたすら待たせていたに過ぎなかった。

「私、時々思うの。もっと前に言えてたら、何回も思ったみたいに言いたい時に口に出せてたら、高校時代のうちでも、もっといっぱい思い出ができたんじゃないかって。山口くんに対して変な遠慮なんてしないで、素直に話せてたら……文化祭もクリスマスもバレンタインも、もっと違う風に過ごせてたのかもなって。毎日会えなくなってからは余計に、そう考えてたの」

僕は返答に窮し、相づちひとつ打てずにいた。

たられればを考えればきりがない、でもつい考えてしまうのもやむを得まい。僕だって後悔もするし、やり直したいと思ってる記憶はいくらでもある。それらをくよくよ振り返るより、新しい思い出を手に入れる方が早いって、さっき実感したばかりだ。

ただ、好きな子にそういう後悔をさせるのは、男としてどうかと思う。

「でもね。そういうのも、山口くんとなら何回だってやり直せる気がする」

僕の内心も知らず、佐藤さんはふっと、柔らかい微笑を浮かべた。

「山口くんは優しいもん。私はすごくのんびり屋だけど、そんな私に付き合って、こうして修学旅行のやり直しもしてくれた。他のことだってやり直してみたら、高校時代よりもずっと楽しくなるんじゃないかなあ」

その顔を横目で眺めてみる。

彼女は別に美人じゃないし、地味だし、社会人になったからといって化粧をするのかと思ったら僕と会う時はそんなこともなかった。

でも、優しい顔をしてる。

そして、その顔のとおりの性格をしていた。

「だから昔のことは後悔するんじゃなくて、ひとつひとつやり直せばいいって、今は思ってる。クリスマスもバレンタインも、次は別の過ごし方をすればいいんだから、『こうしとけばよかった』じゃなくて『次はこうしよう』って風に考えたいんだ。付き合ってくれるよね、山口くん」

「いいよ」

　僕の答えに佐藤さんは一層笑って、

「ありがとう、うれしいな。文化祭だけは、ちょっと難しいけど……他のことは全部、何回でもやり直そうね」

「大学には学園祭があるよ。遊びに来るといい」

「本当？　じゃあ絶対行くから」

　幸せそうな彼女の視線の先、サイクリングロードの終わりが見えてきた。

　僕はちっとも優しくなんかないけど、佐藤さんは優しい。行動でも言葉でも、後で悔やむことはしょっちゅうある。でも佐藤さんとならそういう失敗だってきっと、取り返しがつくだろう。

　やり直しのできる人生はない、でも佐藤さんとなら、やり直しと銘打った新しい挑戦に取り組めるんだ。そう思う。

　だって僕は、佐藤さんをひどく傷つけたことがあったけど、今はこうして一緒にいる。隣にいることを許されてる。

　取り返しがついたからだ。

　一度は言えなかったことを、上手く言えるようになれたからだ。

　佐藤さんが僕を待っていてくれたからだ。

「山口くんのやり直したいことは？」

佐藤さんが尋ねてきたから、僕は自転車と足を止めた。

二秒後、彼女も同じように立ち止まる。少し怪訝そうな顔。

昼下がりのサイクリングロードには人気がなく、川の流れる音が響く。旅先の景色は無闇にきれいだ。水面も木漏れ日もオーナメントみたいに光ってる。なんだかロマンチックだと、柄にもないことを思ってみる。

これも旅の醍醐味ってやつ。素直になれそうなのも、同じく。

「ええと、佐藤さんが覚えてくれてるといいんだけど。卒業式の前に、公園でさ」

「うん」

「僕がキスしようとしたら、佐藤さんのおでこに当たっちゃったこと」

あれを、是非やり直したい。

最後まで言わなくても佐藤さんはわかってくれたようで、たちまちものすごく気まずげな、明らかにどぎまぎしてる表情になる。

「あっ、お、覚えてる……」

こっちはちょっと安心した。忘れてましたなんて言われたらショックだし、覚えてても平然とされてたらそれはそれでへこむ。

「やり直してもいい？」

僕は尋ねて、彼女からの答えは一分くらい後、ぎくしゃくと錆びついた頷きでもらった。

それで僕は二台の自転車越しに、半年越しのキスをする。

佐藤さんはこんな時でもかわいく振る舞ってくれるはずがなく、ぎゅっと硬く目をつむって、眉間に皺を刻んで、唇は柔らかさもわからないくらいにきつく結ばれていた。それはキスされる時の顔というより、あたかもお化けか何かに取って食われる直前の顔だった。

おかげでこっちは緊張せずに済んだものの、笑いを堪えるのに大変だった。

ともあれ、やり直しの修学旅行では思い出をたくさん作った。

帰りの電車で僕は、ずっと彼女の手を握っていた。本当の修学旅行中、バスの中でも僕たちは隣同士の席に座っていたのに、こうして触れ合うこともまるでできなかった。やり直しが利くってのは幸せだ。

佐藤さんは珍しく赤い顔をして、時々僕の方を見ては、困ったように微笑んでいた。正直、さっきのキスの時よりもよっぽどかわいく映ったけど、そこまで素直に指摘するのもどうかと思って、黙っていた。

もっとも、それだって『やり直そう』って言ってやればいいわけだ。そのうちに、電車を降りてからだっていい。僕たちの間ではそれが、しっかり通用するんだから。

佐藤さんみたいな子はそうそういない、探したっているはずがない。

地味でとろくて気が利かなくて、でも僕に対してはすごく、すごく優しい子。お人好しすぎると思うこともあるけど、僕みたいにたまにしか素直になれない奴にはちょうどいい。

僕もあれこれ後悔するんじゃなくて、次はこうしようって思えるようになろう。

そうしたら会えない時間も、ちょっとはいい気分で待ってられるはずだ。

▼佐藤さんの宝物（1）

『山口くん、よかったら今度、私の家に来てくれないかな』

デートの約束でもしようとかけた電話で、開口一番、佐藤さんが言った。

『実はお母さんが一度、山口くんに会ってみたいって言ってて……』

「別にいいけど」

僕は平静を装って答えたけど、内心ではちょっと動揺していた。

付き合いだしてからもうすぐ一年になる。来るべきものが来たということだろう。


彼女の家に招かれて、彼女の親と会う。

割とよく聞く類の話ではあるものの、こういうので親の心証を悪くしてふたりの関係にも暗雲立ち込めて、なんてパターンも非常に多いと聞く。

そもそも佐藤さんのお母さんが僕に会いたがっているのは、やはり娘の彼氏がまともな男かどうかを見てみたいからなのだろうし、僕もお会いするからには信頼を勝ち取らなくてはいけない。

ただ、もう勤めに出ている佐藤さんとは違い、現在の僕はしがない大学生である。バイトはしているけどまだ自活するまでには至らず、そういう点では頼りないと思われても仕方がないのかもしれない。

正直、どうせ会うなら大学を出て、就職してからがよかったんだけど――。


僕があれこれ考えている間に、佐藤さんが言葉を継いでいた。

『晩ご飯をごちそうしたいんだって。迷惑じゃなかったらでいいんだけど』

「いや、迷惑じゃないよ。僕の方こそお邪魔しちゃって大丈夫？」

表向きは、どうってことないよという態度で応じておく。

なんにせよ、こういう話が出た時に腰が引けているのが一番格好悪い。僕が学生であることはもうしょうがないから、それでも将来を見据えて日々勉学に励んでいるし、佐藤さんのことも真剣に考えております、とアピールする方向でいこう。

『うん、できれば来て欲しいな』

佐藤さんはそこで声をちょっと明るくした。

電話だから表情は見えなかったけど、僕がびびって逃げなかったことに安心したんだろうか。

『うちはお母さんと、おじいちゃんおばあちゃんがいるから、ちょっとうるさいかもしれないけど……』

「佐藤さんの家族がうるさいって、あんまり想像できないけどな。お会いするのが楽しみだよ」

僕が覚悟を決めて笑うと、彼女もくすくす笑う。

『さすが山口くん、何か落ち着いてるね』

「え？　そうかな」

『そうだよ。私だったら山口くんのお家にお邪魔するってなったら、すごくどきどきしちゃうけどな』

別に僕も落ち着き払っているというわけではなかったけど、佐藤さんにそう言われたら妙にどきどきしてきて困った。


約束をした土曜日、僕はひとりで彼女の家を訪ねた。

ふたりで会った帰りに家まで送ったことがあったから、佐藤さんの家の場所は知っていた。午後四時くらいに来て欲しいと彼女からは言われていて、僕は五分前に彼女の家の前へ辿り着き、インターフォンを鳴らした。

「あ、山口くん！　いらっしゃい」

玄関の引き戸をがらがら開けて、佐藤さんが顔を覗かせる。

英字のロゴが入った紺のスウェットワンピースという地味な服装の彼女は、僕を見て表情を輝かせた。

「来てくれてありがとう。とりあえず上がってくれるかな」

「うん。……お邪魔します！」

僕は家の中にいるであろうご家族にも聞こえるよう、声を張り上げて挨拶をした。

だがそれに対する返事や反応はなく、佐藤さんに引っ張られるようにして一歩踏み込んだ家の中はしんと静まり返っていた。

「お母さんたちは今、買い物に出てるんだ。晩ご飯には間に合うように帰るって」

「え？　あ、そうなんだ……」

靴を脱ぎながら、僕は拍子抜けしていた。てっきり着いたら即食卓を囲んでご挨拶の流れかと思っていたから、ちょっと緊張していたのに。

でも、ほっとしたのも確かだ。単に審判の時が先延ばしになっただけだとしても。

「だからちょっと待ってて。私の部屋、二階だから」

佐藤さんはさらりと言うと、僕を案内するみたいに先に立って歩き出した。

彼女の家は少し古い造りの二階建てで、玄関から入った居間の奥に二階へ上がる階段があった。仏壇でもあるのか、一階はほのかなお線香の香りが漂っている。

佐藤さんは一度僕を振り返ってから階段を上がり、僕は彼女のふくらはぎと、くるぶし丈の靴下を履いた足を見ながら後に続いた。

「ここだよ。座ってて、飲み物持ってくるから」

二階に上がってすぐのドアを開けると、佐藤さんは僕にだけ入るように促した。

「ああ、お構いなく」

とっさにそう言ったけど、彼女は笑顔でかぶりを振った。

「お客様に何にも出さないってわけにはいかないよ。冷たいお茶でいいかな？」

「うん、じゃあ……お願いしようかな」

「はーい」

佐藤さんが部屋を出てドアを閉めると、すぐに階段を下りていく軽快な足音が聞こえた。

残された僕は少々心許ない気分で部屋の中を見回す。

当然ながら、佐藤さんの部屋に入れてもらったのも初めてだった。

お互いに家へ招いたり、遊びに行ったりということが今まで一度もなかったから、僕は佐藤さんが暮らしている部屋について割と好き勝手に想像を膨らませていた。そのくらいのことはどんな男だってするものだ。

そして実際に目の当たりにした彼女の部屋は、そっくり想像どおりというわけではなかったけど、それなりにイメージどおりだった。

小学生の頃から使っていそうな古い勉強机と椅子、その隣に並べられた黒いカラーボックスがあるだけの小さな部屋だった。恐らく四畳くらいだろうと思う。部屋にひとつだけある窓には地味なグレーのカーテンが束ねられ、窓の真向かいには押入れらしい引き戸がある。壁は素っ気ない板張りで新聞屋のカレンダーが貼られているだけ、床には無地の青いカーペットが敷いてある。

これだけならあまり女の子の部屋らしくない内装だと思うけど、カラーボックスの中や上にはぬいぐるみがいくつも飾られていたし、花瓶に生けた小さな花が微かな甘い香りを漂わせていて、それでかろうじて女の子の部屋だと思えた。

　机の上には白木のフォトスタンドが置かれていた。

　何気なくそれに目をやった僕は、次の瞬間めまいを覚える。

　フォトスタンドには、高校の文化祭で貴婦人を演じた佐藤さんと、ネズミを演じた僕が写っていた。

　もちろん耳がついてるし、ひげが描かれているし、白い全身タイツだった。

「な、なんでこの写真を……！」

　忘れもしない、この写真は去年の文化祭で劇をやった時にクラスの女子に押される格好で撮られてしまったものだ。その後で僕は佐藤さんに頼まれて、この画像を彼女の携帯にも転送してあげた。

　だがそれを飾っておくというのは予想外だったし、僕にとっては黒歴史以外の何物でもない写真なのでできればそっと葬り去っておいて欲しかった。

　フォトスタンドを伏せてしまいたい衝動に駆られていると、再び彼女が階段を上がってくるのが聞こえた。

「お待たせ、山口くん。麦茶でいいよね？」

コップを二つ持った佐藤さんが、肘でドアを開けながら部屋の中へ戻ってきた。

そして僕が机の前でフォトスタンドを手にしているのを見るや、その顔がどこかうれしそうにはにかんだ。

「あ、それ見ちゃった？」

「うん……見ちゃった……」

僕はうれしいどころか、忘れかけていた当時の記憶を蘇らせて気分が沈んでいた。

「私の部屋に山口くんを飾っときたいなって思ったんだ。いけなかったかな？」

それでも、小首をかしげた佐藤さんにそう聞かれると、一概に否定しきれないから困る。

「だめ、じゃないけど。もっとさ、いい写真を飾って欲しいかな、僕は」

「これも私にとってはいい写真だよ」

そう言うと佐藤さんは二つのコップを机の上に置き、僕の手からフォトスタンドを受け取った。そしてそれを元あった場所に、ずいぶんと丁寧な手つきで戻した。

「山口くんは嫌だった？　なら、違うのにしようかな……」

「嫌っていうわけでもないけどさ、なんて言うか」

佐藤さんがあまりにも屈託ないから、僕も嫌だとは言いづらかった。

それでなくとも僕の写真を部屋に飾っておくというところに、何と言うかこう、ちょっとだけ、どきっとしたのも事実だ。

　ひとりでいる時は僕の写真を見てくれてたりするのかな、なんて――いや、それもあのネズミ姿なら微妙か。参った、純粋に喜べない。

「けどさ、ご家族に見られたら誤解されないかな。全身タイツの変な奴と付き合ってるって」

　僕が婉曲的に懸念を示すと、佐藤さんは瞬きをしてから言った。

「そんなことないよ。お母さんはこの写真、いい写真ねって言ってたから」

「もう見せたの！？」

　本気で誤解されてないといいけど。

　この仮装は断じて、僕の趣味じゃない。


　椅子がひとつしかないから、座っていいよと言われた。

　けど、せっかく佐藤さんとふたりでいるのに離れて座るのは嫌だったから、一緒に床に座ることにした。

　冷たいお茶をいただいて人心地つくと、急に家の中の静かさが気になりだす。

　佐藤さんとふたりきり、なんだよな。

　別にだからどうしたということもないし外で会う時はしょっちゅうふたりきりに

なってるけど、こうして彼女の部屋でとなると妙に落ち着かない気持ちになる。佐藤さんのご家族がいても緊張しただろうけど、いなけりゃいないでそわそわしてきた。

もしかすると佐藤さんもそうだったのかもしれない。僕の隣に座って麦茶を飲みながら、しきりに瞬きを繰り返していた。家にいる時も徹底してひとつ結びの佐藤さんは、こんな日だからといっておめかしも化粧もしていなかったけど、それが逆に僕をどぎまぎさせていた。

この部屋にいる時はいつもこんな感じなんだろうな、って想像してしまうからかもしれない。

ご家族はいつ頃戻ってくるんだろう。それがわからないのも、そわそわする。


「……山口くん」

ふいに、佐藤さんが僕を呼んだ。

心臓が跳ねるのを自覚しつつ、僕は彼女に視線を向ける。すぐ右隣に座った彼女が、何か気にするみたいに強く僕を見つめていた。

僕と目が合うと彼女は、こちらが何か言う前に続けた。

「私の部屋、変じゃないかな」

そんなことが気になるものなのか、と僕はちょっと驚いた。

「なんで？　全然変じゃないよ」

　地味だけど。

けどまあ、佐藤さんっぽいと言えばそうかもしれない。僕がイメージしていた佐藤さんの部屋とそれほどかけ離れていなくてほっとした。知らない女の子の部屋じゃなくて、佐藤さんの部屋にいるんだってしみじみ思う。

　唯一意外だったのはカラーボックスに飾られているぬいぐるみの数々だったけど、そういえば佐藤さんはキャラ物もけっこう好きなんだっけ。昔貰った絆創膏がかわいすぎて使いにくかったことを思い出す。

「ぬいぐるみ飾ってるんだね」

　僕がその点について触れると、佐藤さんは痛いところを突かれたような顔をした。

「う、うん。実は、そうなの」

「いいんじゃないかな、女の子らしくて」

　変じゃないかなと聞かれる前にフォローしておく。別におかしくはないと思う。子供っぽいけど。

　それから僕はカラーボックスに目をやり、具体的にどんなぬいぐるみが飾ってあるのか見てみようとした。

　カラーボックスの上には三つ、中には四つ、計七個のぬいぐるみが飾られていたけど、そのどれもが白い身体をしていることに気づいた。それぞれ服装こそ違うけど――ネクタイを締めたスーツ姿の奴もいれば、マリンボーダーの服を着て水兵帽を被った奴もいたし、割とカジュアルなパーカー姿のも、王冠を耳の間に載せた王子様風の奴もいた。

そのどれもが丸い二つの耳と、つぶらで小さな目と、ぴんと硬そうな細いひげと、尖った鼻を持っていた。

「……ネズミの、ぬいぐるみ？」

僕の問いかけは半ば独り言みたいになった。

佐藤さんがこくんと頷く。

「ハツカネズミの」

「なんで、ネズミばっかり？　集めてるの？」

なんで、なんて聞くのもおかしい。

答えはわかりきっているし、それをいちいち言ってもらわなきゃならないほど僕は佐藤さんみたいに鈍くはない。

でも、できれば彼女の口から聞いてみたかった。

佐藤さんは答えるより先に立ち上がり、カラーボックスの上に飾られていたネズミのぬいぐるみをひとつ手に取った。黒い上着を着て赤いズボンをはいている、鼓笛隊みたいな格好のネズミだった。

ぬいぐるみを抱いて戻ってきた佐藤さんは、改めて僕の隣に座る。

ちらりとこっちを見て、恥ずかしそうに言った。

「見かけるとつい買っちゃうの。山口くんを思い出すから」

▼佐藤さんの宝物（2）

ぬいぐるみを抱いた佐藤さんがもじもじしている。

その姿を見た時、心の奥で何か揺れ動いたような気がした。

彼女が僕のことを考えてネズミのぬいぐるみを購入している——うれしくないはずがない。

ネズミ、というのは僕自身の黒歴史と直接絡んでいるので若干複雑ではあったけど、正直それすら吹っ飛ばしてしまうような衝撃があった。

もっと言えば、彼女の部屋に僕を思い出してくれるようなアイテムが、それもひとつふたつではなくたくさん置かれている事実がうれしくてたまらなかった。

佐藤さんも自分の部屋にいる時は僕のことを考えてくれてるんだ。

もしかしたら、僕が自分の部屋にひとりでいる時みたいに。

「そう、なんだ。かわいいね」

言わせたからには肯定的なコメントをと、僕はまずそう言った。

しかし言ってしまってからあまりにも他人事っぽい物言いかなと、慌ててもっと言葉を付け足した。

「うれしいよ、ありがとう」

「……よかった」

佐藤さんは胸を撫で下ろしている。安堵の笑みを浮かべて僕を見た。

「山口くんはあの時のこと、あんまりよく思ってないのかなって不安もあったから……」

「まあ、いい思い出かと聞かれたらすごく微妙なとこだけど」

むしろ思い出したくもない負の記憶だけど。

くじ引きで決まったから仕方がないとは言え、ハツカネズミなんかやるくらいなら僕も舞踏会の出席者になって、貴婦人だった佐藤さんと踊る方がよかった。だったら初めから立候補しろよと言われそうだけど、佐藤さんが貴婦人になるなんて知らなかったんだからしょうがない。

「私はね、卒業した今でもあの頃のこと、よく思い出すの」

　ぽつぽつと、佐藤さんもまた記憶を手繰り寄せるように話し始めた。

「文化祭のこと、一緒に買い物に行ったり、練習したりしたこと。ステージの袖で山口くんに馬の被り物を渡したことも、劇の後で一緒に写真を撮ったことも、さらにその後で一緒にご飯を食べたことも……あの頃の思い出は全部、私にとっての宝物なの」

　胸に、大切そうにぬいぐるみを抱いているところを見ても、彼女がシンデレラの劇の思い出を宝物にしていることがよくわかった。

　僕からすればどうしてそこまで、とも思うけど――だって僕たちは東高校で二年間ずっとクラスメイトだったわけで、そのうち佐藤さんと話をしたり、仲良くなったりした期間は半分くらいかもしれないけど、その間にだってたくさん思い出ができていたはずだった。何もあの一ヶ月程度の文化祭および準備期間に絞らなくても、という気はする。

「佐藤さんにはいい思い出なんだね、三年の文化祭」

　またしても他人事みたいな言い方になった僕を、佐藤さんは意に介さず柔らかい目つきで見た。

「うん。だって、その頃にはもう、山口くんが好きだったから」

　僕はその言葉に、何よりも先に違和感を覚えた。

違和感、と言うとまるで悪い形容のようだけど、でも確かにいつもの佐藤さんはこんなことを言ってくれない。佐藤さんは空気が読めないから、今ちょっといい雰囲気なんじゃないかなって場面でも遠慮なくどうでもいいことを口にする。そのせいでたびたびいい雰囲気っぽいものが雲散霧消しては、当てが外れた気分になることがあった。

だけど今の佐藤さんは珍しく空気を読んでいる。

普段は言わないようなことを言ってくれた。

「好きな人との思い出なの。文化祭のシンデレラは」

言いながらも恥ずかしさはあるのか、ぬいぐるみを抱く手に力がこもっていた。鼓笛隊っぽい服装をしたネズミが佐藤さんの胸でぎゅうっと潰れており、僕は嫉妬のような羨望のような、およそ無機物に抱くべきじゃない複雑な感情を抱いた。

「だからどうしても、ネズミグッズを見ると買っちゃうんだ。私の部屋に山口くんとの思い出が、宝物が増えていくみたいな気がするから」

気がする、じゃなくてそこは言い切っちゃってもいいと思うんだけど、まあいい。

この部屋にあるネズミのぬいぐるみは、佐藤さんからすれば僕に直接結びつく宝物なのだそうだ。

そうやって僕に関わるものを集めてくれていることを僕はもちろんうれしく思った

し、いつもの佐藤さんからは感じない――と言うより感じ取りにくい熱のようなものを読み取ることができた。

そしてそれに、僕は直に触れてみたくなった。

僕は黙って手を伸ばし、佐藤さんのすっかり赤くなっているほっぺたに触れた。

「あ……」

佐藤さんが小さく声を上げ、俯こうとする。

手に力を込めてそれを阻止すると、佐藤さんは揺れる瞳で僕を見上げてきた。

化粧をしていない彼女の頬はさらっとしていて、まるで腫れているみたいに熱を持っている。佐藤さんは肌こそきれいだけど、すっぴんだとやっぱり子供っぽくて、高校時代とそんなに変わっていないように見えた。

でも、高校時代はこんな目で僕を見なかった。

僕の方は彼女をずっと見てきたから、わかっている。

「佐藤さん」

僕はそっと彼女を呼んだ。

元クラスメイトなんだから、彼女のフルネームが『佐藤みゆき』であることは知っている。そして付き合ってるんだからこういう時は下の名前でも呼べばいいんだろうけど、僕はまだ彼女をどう呼んでいいか決めかねていた。『みゆきちゃん』じゃ軽いし子供っぽい佐藤さんが余計に子供っぽく見える。かと言って『みゆきさん』じゃ変に距離があるように思えるし、呼び捨てにするのも乱暴じゃないかという気がして、結論が出ないままになっていた。

ただ僕が名字で呼んだだけで、佐藤さんはうろたえて呼吸を乱し、あたふたと視線をさまよわせた。

「あっ、あの、あのね、私、このぬいぐるみに名前つけてて――」

そう言って、近づけようとした僕の顔にさっきまで抱いていたぬいぐるみを押しつけてくる。

上手いこと遮られたように思えて複雑だったけど、僕はそのぬいぐるみを片手で少し押し返してから彼女に尋ねた。

「名前？　もしかして持ってるぬいぐるみ全部に名前つけてたりする？」

「うん」

佐藤さんは頷き、その後で困ったように微笑んだ。

「全部、同じ名前だけど」

「……それって、どんな名前？」

もうひとつ尋ねてみる。

彼女が、おずおずと答える。

「あっくん、って言うの。変、かな」

不覚にも息が詰まった。

元クラスメイトだから、当然、佐藤さんも僕のフルネームを知っている。山口篤史、それが僕の名前だ。まだ佐藤さんには名字でしか読んでもらってなかったけど
――少なくとも、僕自身の前では。

「別に、変じゃないよ」

「たまに篤史くんとか、もっと違う呼び方をしてみたりとかもするけど……」

佐藤さんがこの部屋でいつもどんなふうに過ごしているか、その一端がうかがえたようだった。

「でもそうやって呼んでたら、山口くんのことも自然に呼べるようになるかなって、思って」

またしても心の奥で何かが揺れ動いた。かちりとスイッチが入るような感覚があって、僕は両手で彼女の頬を挟んでこちらに引き寄せる。

今度こそぬいぐるみに邪魔をされないよう、素早く、佐藤さんの自然な色合いの唇にキスした。

邪魔が入らないまま数秒間が過ぎた。

僕が唇を離すと、佐藤さんはまるで沈み込むように深く俯いた。

「や、山口くんっ……急に、どうしたの……！」

どうしたのと言われても、僕たちは一応付き合ってるんだけど。

確かに僕たちはあんまりこういうことしないけど、それは今まで外で会う機会が多かったからだ。したくないわけじゃないし、しなくてもいいなんて思ってるわけでもない。意味がなきゃしちゃいけないものでもないだろう。

でも正直、今のはちょっと意味が――口実っぽいものがなくもなかった。

「佐藤さんの部屋に、思い出を増やしてみたくて」

僕はそんなふうに動機を供述した。

「そしたら今まで以上に、ここで僕のこと考えてみてくれたりするのかなって思ってさ」

すると佐藤さんは俯いたまま、肩をぷるぷる震わせて言った。

「今以上に考えてたら、この部屋では山口くんのことしか考えられなくなっちゃう……」

それはこっちの息の根を止めかねない殺し文句だと思う。

再びスイッチが入った僕は、今度は佐藤さんの肩を捕まえて、彼女の顔を覗き込むように近づいた。

佐藤さんは一瞬怯んだけど、亀の歩みほどのろい動きで目をつむり――しかし次の瞬間、外で車が停まる音がして、つむりかけていた目が勢いよく開いた。

「お母さんたち、帰ってきた！」

途端に彼女は焦りの色を浮かべて、慌てふためきながら言った。

「ど、どうしよう山口くん！　私、今、すっごく顔赤いよね！？」

「うん、まあ……そうだね」

嘘を言ってもしょうがないし、僕は頷いた。

それで佐藤さんは赤らんでいる頬を冷まそうとしてか、麦茶のコップを頬に当て始めた。

「は、早く治さないと！　引いて、顔の赤いの引いて！」

彼女がおまじないでもするみたいにぶつぶつ呟いている。

自分の顔がどうなってるかわからないけど僕も真似した方がいいかなと考えた時、階下で玄関の引き戸が開き、ただいまあ、と明るい女の人の声がした。

麦茶で冷やしたのが功を奏したか、あるいはあえて触れずにいてくれたのか。

佐藤さんのお母さんは、顔を合わせた僕たちに何の指摘もしてこなかった。

「はじめまして、みゆきの母です。いつも娘がお世話になってます」

初めて会った佐藤さんのお母さんは、二十年後の佐藤さんはこんな感じかもしれないな、という姿をしていた。全体的に地味な面立ちは佐藤さんに似ていたけど、ひとつ結びの髪は白髪交じりだし、少し疲れたような顔つきをしている。でも笑う時はその疲れの色を見せずに優しく笑ってくれた。

話し方は佐藤さんよりもさらにのんびりしていて、おっとりした人という印象を抱いた。

「うちは若い男の人がいないから、どのくらい用意したらいいかわからなくて……どんどん食べてくださいね」

その言葉どおり、佐藤家の居間のテーブルにはお寿司が七人前も並んでいた。

僕ならそのくらい食べるかもしれないと踏んでのことらしいけど、佐藤さんの家は彼女と彼女のお母さん、それにおじいさんおばあさんの四人家族だ。つまり僕は三人前のお寿司を平らげなければいけない、らしい。

特別大食いというわけでもない僕はご歓待に応えようと精いっぱい頑張った。だけど三人前はさすがにきつくて、佐藤さんに手伝ってもらう羽目になった。

「ごめんね山口くん。お母さん、ちょっとはしゃいでるみたいで」

佐藤さんがくすぐったそうに囁きながら、僕にお茶のお替わりを注いでくれた。

「だって、みゆきが男の子を連れてくる日が来るなんて思わなかったんだもの」

お母さんがおっとりとした口調で言うと、佐藤さんは自分でも深く頷く。

「私もそう思う。でもね、山口くんはとてもいい人なんだよ」

僕は隣でその会話を聞きながら、この場合の『いい人』はどういう意味なんだろうな、と思う。

いい人だから佐藤さんと付き合っているんじゃなくて、佐藤さんに選ばれるほどいい人だ、って意味だといいな。

「けど、真面目な子らしいじゃないか。聞いてるぞ！」

一緒に食卓を囲んでいた佐藤さんのおじいさんは、もう七十過ぎだそうだ。口数こそ少ないものの、声が大きいので一度喋るとインパクトがものすごい。

そしておじいさんが喋ると、隣に座るおばあさんが笑いながらフォローに入る。

「おじいちゃん、みゆきが連れてくる子が悪い子なはずないじゃないですか」

「確かにそうだ、そのとおりだ！」

耳が遠いおじいさんは声を張り上げた後、ふと思い出したように続ける。

「あれだろう、あの……ほら、みゆきの部屋にあった」

「ああ、写真？　そうだよ」

佐藤さんがこくんと頷く。

写真ってまさか。僕が抱いた予感を裏打ちするようにおじいさんは言った。

「ネズミ役だった子だもんな。そりゃ真面目な子だよ！」

嫌な予感が的中して、僕は佐藤さんが入れてくれたお茶にむせた。

「ご、ご覧になったんですか……」

「ええ。みゆきが見せてくれましてね、立派なネズミの格好でしたよ」

おばあさんが顎を引き、さらにお母さんがおっとりと語を継いだ。

「私は文化祭当日、劇を見に行ってたんですよ」

「劇までご覧になったんですか！」

「はい、みゆきの晴れ姿を見たくて。でもハツカネズミの子も頑張ってるからって、みゆきが言うから」

お母さんの目が佐藤さんに向けられると、佐藤さんは照れ笑いを浮かべて何度も首を縦に振る。

「真剣にお芝居に打ち込んでる姿、見てたんですよ。みゆきの言うとおり、とてもいい人なんだろうって思ってました。ですから今日、お会いできてよかったです」

佐藤さんのお母さんは、まるで佐藤さんみたいに屈託なく、素直な話し方をする。

だから僕は喜んでいいのか、黒歴史を見られたことに落ち込むべきなのか、まるでわからなくて複雑な気持ちになった。

「みゆきはこのとおり、のんびり屋ですから」

佐藤さんのお母さんが娘を見る目はとても優しく、柔らかい。ちょうど佐藤さんが僕を見る時とよく似た目をしている。

「しっかりした人と結婚してくれたらって思ってたんです。山口さんだったら言うことなしですね」

そして思わせぶりなことを言ってみせるところもよく似ている。

「お、お母さん！」

今度は僕じゃなく佐藤さんがむせて、真っ赤になって制止に入った。

「そういう話は早すぎるっていつも言ってるのに！　山口くんも私もまだ未成年なんだから！」

「でも、みゆきはもう社会人なんだし、遠い話でもないでしょう？」

お母さんはむしろきょとんとしている。その表情も佐藤さんそっくりだった。

そして僕は母娘の会話に思う。確かに遠い話でもないのかもしれない。高校時代ならともかく、今の僕たちは大学生と社会人で、もう少しすれば二十歳にもなる。

そもそも僕たちが幼いままなら、付き合っていても相手の親に会ってご挨拶をすることはなかったんじゃないだろうか。

そう思うと、今日のこの機会がとても貴重な、素敵なものに感じられた。

佐藤家の就寝時刻が早いことは知っていたから、僕も夕飯をごちそうになった後は早々にお暇することにした。

「今日は来てくれてありがとう」

引き戸を開けて外へ出た僕を、佐藤さんが見送りに出てくれた。

外はもうとっぷり暮れていて、薄暗い住宅街をあちらこちらの家明かりが照らしていた。

「こちらこそ、紹介してくれてありがとう。楽しかったし、お寿司おいしかったよ」

僕が答えると、彼女は声を立てて笑う。

「無理して食べてたけど大丈夫？　お腹ぱんぱんだと、歩いた時にお腹痛くなっちゃうかも」

「それは多分、大丈夫。無理ってほどでもなかったよ、佐藤さんのおかげで」

「お母さんったら張り切りすぎなんだもん」

あどけなく頬をふくらませた佐藤さんが、少し慌てたように言い添える。

「気も早すぎるしね。け、結婚とか言い出すし」

その単語すら言いにくそうなそぶりがおかしくて、僕は思わず吹き出した。

「そうでもないんじゃないかな」

「えっ？」

「一切考えてなかったら、こうしてご挨拶になんて来ないよ」

佐藤さんが目を丸くする。きょとんとしたその顔は、やっぱりお母さんにそっくりだ。まだ先の話には違いない。でも考えていないわけでもない。少なくとも僕は真剣なんだって、佐藤さんのご家族にも伝えておきたかった。

それから僕はもう一度、手を伸ばして佐藤さんの頬に触れてみた。

今はほんのりとだけ温かい。

佐藤さんは何かを思い出したのか、恥ずかしそうに瞬きをする。

「佐藤さんの宝物を見せてもらえたのも、うれしかった」

「うん」

「今日、また増えたって思ってもらえたらもっとうれしいんだけど」

「うん……増えたよ。今日のことも、忘れない」

佐藤さんはそう言うと、覚悟を決めたような面持ちになる。

「それに私もね、呼んでくれたらご挨拶に行くよ。山口くんのおうちに、いつだって行くからね」

そこまで覚悟して来てもらうほどの場所でもない。うちの両親も佐藤さんを見たらはしゃぐだろうからうるさいだろうけど、でもその日が来たら、やっぱり貴重で、素敵だと思える日になるだろう。

宝物みたいな、思い出の日に。

幸せな予感に、僕は笑って手を離す。

「じゃあ、おやすみ。またね、佐藤さん」

佐藤さんも優しく、柔らかく微笑んだ。

「おやすみなさい、山口くん。また来てね」

名残惜しかったけど、夜風が少し冷たい。短い挨拶の後、僕は彼女の家の前から歩き出した。

一度振り返ってみたら、佐藤さんはまだ家の前で僕を見送っていて、僕に気づくと大きく手を振ってくれた。


シンデレラの劇でネズミを演じたことは、今日まで僕の黒歴史だったわけだけど――。

今更打ち消せるものでもなし、そのくらいならこうして覚えてもらうのもいいかなって、今日はちょっと思えた。

何より、佐藤さんの宝物になれるんだから。

恥ずかしい思いをしたことくらい、どうってことない。

▼二十歳の彼女と十九の僕（１）

この七月で、佐藤さんは二十歳になる。

僕より四ヶ月ほど早く、一足先に大人になるというわけだ。

先を越されて悔しい気持ちはちょっとある。でもこればかりは仕方ない。ひとまずは彼女にとって特別なはずの誕生日を、盛大にお祝いしてあげたいと思っている。

そうなると大切なのはリサーチだ。

僕は誕生日前に一度彼女と会い、直接尋ねてみることにした。

「佐藤さん、誕生日に欲しいものってある？」

「えっ、そんな。気持ちだけで十分だよ」

空気を読まない佐藤さんは遠慮するそぶりを見せた。

だけど、はいそうですかと引き下がるわけにはいかない。どこの世界に、彼女の誕生日に何もしない男がいるっていうんだ。何でもいいから言ってもらわないと。

「行きたいお店、とかでもいいよ。誕生日だしさ」

僕が尚も尋ねると、考え込んでいた佐藤さんが急にはっとした。

「あ、そういえば！　行きたいなって思ってたお店があるの」

「なら、ふたりでそこへ行こうよ」

「いいの？　私も山口くんに来てもらえたらって思ってたけど……」

「もちろんいいよ。佐藤さんの行きたいところへ行こう」

彼女の口ぶりからして、きっとひとりでは入りにくい店なんだろう。空気の読めない佐藤さんが入りにくいお店というのも珍しいけど、例えばカップル御用達の店とかなら理解できなくもない。あるいは、ちょっと高級店だとか。

それなら一応、先に聞いておこう。

「ところで、行きたい店ってどんなとこ？　予算も知りたいし」

「えっと、駅前にあるお店なんだけどね」

佐藤さんは考え考え、言葉を続ける。

「予算は……できれば三万円台で収めたいって思ってる」

「さん……っ」

危うく、声を上げるところだった。

三万円。コンビニバイトがせいぜいのしがない大学生にとっては大金だ。

それ以上に、佐藤さんがその金額を呆気なく口にしたことも衝撃だった。確かに彼女は社会人、誕生日のお祝いに三万円かけるくらい、どうってことないのかもしれない。経済力の差を見せつけられた感じだ。

　もちろん、僕にだって払えない額ではない。免許取ったし、車を買おうと思ってこつこつ貯めていたお金がある。佐藤さんのためなら――ましてや今年は特別な、二十歳の誕生日なんだから、ちゃんと祝ってあげたかった。

「わかった、いいよ」

　僕は決死の覚悟を気取られないよう、平静を装って告げた。

　途端に彼女が安堵の表情を浮かべる。

「ありがとう、山口くん。やっぱりひとりだと不安で……」

　そんなに行きたかったお店なのか。佐藤さんを不安にさせるほどの高級店なんて、全く想像がつかない。

　そうなると予算以外にも気になることがいくつかある。

「予約はどうする？　僕が入れとこうか？」

　これだけ覚悟してお店を訪ねて、『満席ですのでお引き取りを』なんて言われたら目も当てられない。それにその手の高級店では、ディナーの時間は大抵が要予約と決まっているものだ。

　あとは、服装も気になる。普段着じゃ嫌な顔をされそうだし、最悪の場合、入店拒否なんてこともありそうだ。一度店について調べた上で、必要ならスーツを着ていかなくては。

　佐藤さんとのデートで、スーツを着る日がやってくるとは思わなかった。

　僕がそこまで考えた時、

「予約は、今回はしないつもりなんだ。ちょっと覗きたいだけだから」

　彼女は、何だかすごくピントのずれた発言をした。

「……え？　覗く、だけ？」

「うん。ほら、お店の前にいっぱい張り紙してあるじゃない」

「張り紙？」

「そうだよ。ほら、一ＤＫとか、洋間とか、駅から五分とか――」

　何かがおかしい。

　僕と佐藤さんの話が全く噛み合っていない。そのずれっぷりもいつものことと言えばそうだけど、今回は特にずれている。

「佐藤さん」

　僕は改めて、彼女に確かめることにした。

「行きたいお店って、どんな店？」

　すると佐藤さんもほんのちょっと怪訝そうにしながら、答えてくれた。

「不動産屋さん、っていうのかな。お部屋借りるところだよ」

そういうことか！

どうりで話が噛みあわないと思った。僕は思わず天を仰ぎ、込み上げてくる疲労感をどうにかやり過ごす。

びっくりした。佐藤さん、どんな高級店に行きたいのかと思った。そうか、不動産屋さんか――。

「――なんで？」

よくよく考えれば、それもまた衝撃の発言だった。

実家暮らしの佐藤さんが不動産屋さんへ行く。その理由は、何だろう。

僕の問いに、彼女は言いにくそうに口を開く。

「じ、実はね。私、一人暮らしを始めたくて……」

本日最大の衝撃発言は、これだった。

彼女自身にとっても、まだ決心したとは言いがたい考えのようだ。

驚く僕の目の前で、佐藤さんは叱られた子供みたいにうなだれた。

「あのね。はっきり、決めたわけじゃないの」

「そ、そっか」

「うん……できたらそうしたいな、って思ってるけど」

そう言った後、彼女は僕の顔色をうかがうみたいに上目づかいになる。

「変、かな。私がこういうこと言うの」

「いや、そんなことないよ」

僕は大慌てでその懸念を否定した。

「独り立ちするのって立派なことだろ。友達にも何人か自活している奴がいるけどさ、充実してて羨ましいなってよく思ってるよ」

大学生ともなれば、実家を出る奴もけっこういる。

ただし、そういう連中が独り立ちだの自活だのと立派な考えを持っているかといえばそうでもない。大抵は朝ゆっくり寝ていたいとか、親が煩わしいとか、友達と夜中まで馬鹿騒ぎしたいとか、はたまた彼女を連れ込みたいとか――不純な動機を持ってる奴の方が多いように見受けられる。そして大学のすぐ近くに部屋を借り、溜まり場にされて後悔するんだろう。ご苦労なことだ。

僕自身は、一人暮らしを夢見たことがない。うちの両親は共働きで、しかも同じ職場なので、いつも同じ時期に繁忙期となる。そうするとふたりとも日付が変わるまで帰ってこないから、僕は一人暮らしと変わりない自由時間を得られるというわけだ。もちろん洗濯や掃除は僕の仕事で、時には両親の分の食事も用意してやらないといけないから、元から実家暮らしの気楽さはないようなものだ、とも言える。

佐藤さんは料理とか洗濯とか、得意なんだろうか。前に、冷凍みかんを作っても
らったことがあるけど——あれは料理ではないか。あとフォンダンショコラも。凍っ
てたけど。

とりあえず、彼女が一人暮らししたら、遊びに行きやすくなるのはいいな。

僕が下心ありありのことを考えている間に、佐藤さんの表情も明るくなっていた。

「やっぱり、そう思うよね。一人暮らしって自立への第一歩だって」

そして勢いづいたように続ける。

「私も二十歳になるんだから、もっと大人になりたいなって思って……」

「それで部屋探し？」

「う、うん。真っ先に思いついたのが、それで」

「へえ……」

まあ、わからなくはないけど。

僕が曖昧に頷いたからか、彼女はあたふたと言い添える。

「もちろん他にも理由はあるよ。もっと職場に近い方がいいかなって思うし、あとほ
ら、うちお弁当屋さんだから、制服にお線香の匂いがつくとちょっとなって思うし
……」

そういえば、前に訪ねた佐藤さんの家は、ほのかにお線香の匂いがした。

「でも……一番はやっぱり、自立したいから、かな」

佐藤さんはどこか気まずそうにしていた。まだ迷いがあるらしい。

それからまた僕の表情をうかがい、

「大人になるって、山口くんは、どういうことだと思う?」

何だか哲学的な質問をぶつけてきた。

大人になる、か。法律上は二十歳が成人と決まっているけど、佐藤さんが聞きたいのはそういうことではないんだろう。

「それはやっぱり、自立ができたらじゃないかな」

僕は自分の考えを伝えてみる。

「生活的にも、経済的にも自立できて初めて一人前って感じだと思う」

その考え方で行けば、僕はまだまだ子供だ。

そして佐藤さんは、もうじき大人になる、というところだろうか。

「私もそう思うの」

佐藤さんが真面目に頷く。

「昔はね、就職したらすぐ大人になれるって思ってたんだ。社会に出て働いて、自分でお金を稼いだら、それが大人っていうことなんじゃないかって。でも……」

そこで少しはにかんで、

「私にはそれだけじゃ足りない気がして、家を出ようと思ったの」

首をすくめながら語を継ぐ。

「もうじき二十歳になるけど、私、ちっとも大人になれてないから」

「そんなことない」

とっさに反論していた。

そりゃまあ、大人の女性に見えるとは言わない。相変わらずめったに化粧はしないし、髪はいつものひとつ結びだし、服だって彼女チョイスのものは微妙なセンスだ。それでも高校時代の垢抜けなさと比べたら、最近はちょっときれいになってきたと思う。こんなふうに難しい考え事をする時の思案顔は、少し色っぽく見えて、どきっとする。

「佐藤さんは変わったよ。大人になった」

きれいになった、って言えればよかったんだけど。

そんな台詞は気障（きざ）に思えて、僕には恥ずかしくて言えなかった。

「……ありがとう」

それでも佐藤さんはほんのり赤くなって、潤んだ目で僕を見る。

「山口くんにそう言ってもらえると、うれしいな……」

こういう反応とかも、やっぱり変わったなって思う。

佐藤さんはもう、東高校にいた頃の佐藤さんじゃない。

そんな彼女が二十歳になって、一人暮らしを始めたら、もっと変わっていくんだろうか。大人になって、きれいになって、それから——どうなるんだろう。

見てみたくてたまらなくなって、僕は彼女の背中を押した。

「そういうことなら付き合うよ、不動産屋」

本人もまだ決めていないということだから、予約はしないけど。

「誕生日、一緒にちょっと覗いてみようか、張り紙とか」

僕が続けると、佐藤さんは思いっきり大きく頷いた。

「うん！　山口くんが来てくれると心強いよ」

「僕もそんなに詳しいわけじゃないけどね。実家暮らしだし」

「それは私もだから大丈夫。ひとりだと寂しいなって思ってたんだ」

彼女は屈託なく笑っている。

だけどこれから一人暮らしをするかもしれないのに、ひとりでお店に行くのさえ寂しいって、大丈夫かな。

「佐藤さん、ひとりで住むのは寂しくないの？」

心配になって尋ねると、佐藤さんはもじもじしながらこう答えた。

「寂しい……かもしれないけど。でも、山口くんが遊びに来てくれるかなって思えば……」

決めた。

僕は佐藤さんの一人暮らしを全力で応援することにする。

▼二十歳の彼女と十九の僕（２）

佐藤さんの誕生日は、幸いにして土曜日だった。

その日、僕は早起きをして、出かける準備を済ませていた。

ダイニングテーブルで朝食をとっていると、階段を下りてくる音が聞こえる。

起きてきたのはどっちだろう。僕が目をやれば、あくびしながら現れたのは母さんの方だった。

「休みだってのに、早いね」

「おはよう。今日、ちょっと出かけるから」

僕が応じると、皺だらけのスーツ姿で、髪もぼさぼさの母さんが僕の真向かいに座った。二日酔いなのか、ずいぶんとだるそうに頬づえをつく。

「お水ちょうだい、篤史」

それで僕は食事の手を止め、コップに水を汲んで母さんに差し出す。

母さんはそれを一息に飲み干した後、深々とため息をついた。

「昨夜は飲みすぎた……！」

「また飲み会？　若くないんだから、程々にしとけばいいのに」

「うるさい。飲まなきゃいけない付き合いってのもあるの」

僕を睨みつけた母さんが、声を落として言い添える。

「お父さんは寝かしといてあげてね。潰れてたから」

「わかった」

大人になった後っていうのもいろいろ大変みたいだ。僕は深く頷いた。

もっとも僕は、飲んで帰ってきた日であっても、着替えくらいはして布団に入る大人でありたいと思うけど。

「篤史は昨夜、何食べたの？」

「冷やし中華」

「えーいいなあ。何かさっぱりしたもの食べたい」

「麺だけ茹でればすぐ出せるよ。作る？」

「食べるー」

母さんの返事を聞いて、僕は麺を茹でるためのお湯を沸かし始めた。

それからハムやキュウリといった具材を切り出すと、背後で母さんが笑った。

「働くね、篤史。いつお婿に出しても問題ないんじゃない？」

「僕が婿に行くのかよ……」

「今時、もらうばっかでもないでしょ。彼女とはそういう話しないの？」

「一切してないね」

どっちの籍に入るとか、どっちの名字を名乗るとか、そういう話題が僕たちの間に上るはずもない。彼女の家にご挨拶には行ったけど。

大体、僕はまだ学生なんだし、佐藤さんだってまだ――。

「……母さん」

鍋の中でお湯が沸き立った頃、僕はふと口を開いた。

「もし僕が一人暮らししたいって言ったら、どう思う？」

「したいの？」

母さんは即座に聞き返してきた。

少し迷ってから、僕は首を横に振る。

「僕の話じゃないんだ。周りにそういう子がいてさ」

あえて、佐藤さんだとは言わなかった。

母さんに彼女がいるという話はしていたけど、まだ一度も会わせたことがない。何かと言うと『連れてこい会わせろ紹介しろ』とうるさいから、母さんの前で彼女の話をするのが億劫になっていた。会わせたら会わせたでうるさいに決まっているし。

「その子、自立したいから一人暮らしするって言うんだ。それはもっともな考えだと思うけど、ちょっと心配で。いや、応援してあげたい気持ちもあるんだけど——」

僕は何気ないふうを装いつつ、続ける。

「親の側から見たら、自立のための一人暮らしって、どうなのかな」


大人になりたいから家を出る。

その佐藤さんの考えが、間違っているとは思わない。

でも全ての大人たちが、そういうふうに大人になったわけじゃないだろう。むしろ既に大人になった人たちは、どのような経緯を辿って大人になったんだろう。あるいは、自分が大人になったたって、いつわかるものなんだろう。

それを聞いてみたくて、僕は手近な大人に尋ねた。

「そんなの、ご家庭によって違うんじゃないの」

　母さんの答えはあっさりしていた。

「よそはよそ、うちはうちだから。お母さんの考えしか答えようないけど」

「それでいいよ」

「お母さん的には、その考えもありだと思うな」

　沸き立つ鍋の中に、冷やし中華の麺を投入する。黄色っぽいちぢれ麺が熱湯の中で躍り出す。

「だって一人暮らしって、何でも自分で責任取るってことだからね」

　母さんの話は続く。

「自分で掃除しなきゃ散らかる一方だし、洗濯しなきゃ着る服なくなるし。ご飯用意しなきゃそのうち倒れるし、ちゃんと寝ないと具合悪くなる。そういう責任を全部、自分で背負うってことだもの」

　妙に説得力のある話だ。実体験なんだろうか。

「実家暮らしは違うでしょ。黙ってても掃除洗濯してもらえるし、ご飯だって出てくる。――まあ、うちは違うけど」

「そうだね」

「うちだって最低限、あんたが病気になったら看病はするよ」

　むきになったように母さんは言い、さらに話を続けた。

「でも、一人暮らしじゃそういうのだってないからね。病気でぶっ倒れても誰にも気づかれない可能性だってあるし、そこまで行かなくたって体調管理も自分の責任でしょ。それはやっぱり、大人じゃないとできないことだと思うけど」

それを聞いた僕は、にわかに不安を覚えた。

佐藤さん、一人暮らしなんかして本当に大丈夫だろうか。いや、彼女が頼りないって言いたいわけじゃない。ないけど、ちょっとだけ頼りないと言うか、けっこうぎりぎりまで無理するところあるしな……。

ここはやっぱり、彼女が一人暮らしを始めたら、ちょくちょく様子見に行くのがいいかもしれない。

「じゃあ大人になるって、何でも自分で責任を取るってこと？」

麺が茹で上がったので、ざるに取って水で締める。適当に冷やしたら、後は皿に盛って具を飾るだけだ。

僕の問いに、母さんは少し笑ったようだった。

「かもね。一人暮らしには覚悟が必要よ」

自由には責任が付随する。

当たり前の話だけど、大人になるっていうのもそういうことなのかもしれない。

何でも自由にできる代わりに、自由に振る舞う全ての行動に対し、自分で責任を負わなければいけない。

「はい、できたよ母さん」

できあがった冷やし中華の皿を差し出せば、母さんはありがたがるように両手を合わせてきた。

「おいしそう！　本当に、いつお婿に出しても問題ないね」

「そんなに出したいの、婿に」

僕が呆れると、母さんはにやにやしながら応じる。

「別にどっちでもいいけど、そう遠くないいんじゃないかと思って」

「でもないよ。僕、まだ学生だよ」

「だけど、家を出るって話になってるんでしょ？」

麺を啜る母さんが、じっと僕を見つめてくる。

なんでまたそんな誤解を。僕は目をそらしつつ、深いため息をついておいた。

「さっき、僕の話じゃないって言ったはずだけどな」

「でも彼女の話なんでしょ？」

そこは、どうしてばれたんだろう。顔に出てたかな。

だけど婿に行く行かないって話になってるなんてことはない。断じてない。母さんは深読みしすぎだ。

「一緒に暮らすって言うんなら彼女ちゃん、一度連れてきなさい。話はそれから」

「そんなこと一言も言ってないだろ」

「顔に書いてある！　お母さんはお見通しなんだからね」

「書いてないよ……考えもしなかったよ、そんなこと」

　そりゃ憧れないことはない。

　佐藤さんと二人暮らし、それってつまり同棲ってことだ。学生と社会人で環境が違ってしまっている今、一緒に暮らすことでより時間を共有できるのは確かに魅力的だった。失礼ながら、佐藤さんの一人暮らしには何かと不安もつきまとうけど、それも僕が一緒なら安心できる。こっちは炊事洗濯掃除と、最低限のことはできるわけだし――。

　でもしつこいようだけど僕はまだ学生だ。憧れはあるけど、さすがに考えられることではなかった。


　佐藤さんとは午前十一時に駅前で落ちあい、その足で不動産屋さんへ向かった。

「どんな部屋がいいのかなあ……」

　不動産屋さんに辿り着くなり、彼女は店頭に張り出された物件情報にかじりつく。ひとつひとつをつぶさに眺める横顔は、とても真剣だった。

二十歳になった佐藤さんは、十九の頃とさしたる変化はないように見える。去年買ったオフショルダーのワンピースを着て、マスカラとリップだけという最低限の化粧をして、髪型はいつものひとつ結びだ。高校時代よりは大人になったけど、二十歳になったという劇的な変化は見受けられない。

だけどそれでも、僕の隣にいる佐藤さんは、成人だ。

まだ未成年の僕は、その横顔を感慨深く見つめていた。彼女が二十歳になる日、隣にいるのが僕で本当によかったと思う。

「三万円で探すとなると、けっこう厳しいね」

僕の視線をよそに、佐藤さんはため息をつき始める。

彼女に倣って物件情報を眺めてみれば、確かに三万円前後の部屋はあまりいい条件のものがなかった。築年数が僕たちの歳を超えているのは普通で、駅から三十分近く歩かされたり、市内でも寂れてる辺りに建ってたり、六畳一間だったり一Ｋだったり。

「いろいろ調べてきたんだけど、一人暮らしなら一階は防犯上よくないみたい」

真面目な顔の佐藤さんが僕に囁く。

「あと畳のお部屋はきれいに使うの難しいとか、洗濯機が置けるかどうかは絶対確認した方いいとか、アパートならどんな人が他に住んでるか確認した方がいいとかって聞いた」

「見るべきポイントってけっこうあるんだね」

僕も当然ながら部屋探しの経験はない。佐藤さんの説明が実に興味深かった。

「一番は、通勤に便利なところがいいんだけどね」

彼女が苦笑を浮かべて僕を見る。

「ほら、そういう口実で出ることになってるから……」

「確かに、実家の方が通いやすいんじゃ家出る意味ないもんな」

そうなると、駅から遠すぎる物件はまずアウトだ。家から通う方が早いだろうと、家族からも一蹴されるに違いない。

佐藤さんのお母さんとは一度しか会ったことがないから、どんな反応をするか、あまり想像もつかないけど。

「あと……」

ちょっともじもじしながら、佐藤さんが言い添える。

「できるだけきれいなところがいいんだけど……贅沢かな」

「それもまあ、思うよね。普通は」

怖がりなところもあるしな、佐藤さん。古すぎる物件に引っ越して、毎晩怖くて眠れないなんてことになったら目も当てられない。できるだけ新しくてきれいなところがいいだろう。

となると、彼女の言う予算ではなかなかいい物件が見つからなかった。通勤に便利で、新しくてきれいで、最低限の広さも欲しい。治安のいい界隈じゃないと僕が不安になる。

めぼしいものが見つからないまま、僕たちは張り出されている物件情報をあらかた見終えてしまった。

「山口くん、別のお店も見てみていいかな?」

「いいよ、付き合うよ」

こうなったらとことん探し回るまでだ。

佐藤さんの誕生日、まずは不動産屋さんのはしごをすることにした。

▼二十歳の彼女と十九の僕（3）

「お部屋探しって難しいね」

くたびれた様子の佐藤さんが、ついにぼやいた。

あれから駅前にある不動産屋さんを片っ端から回ってみた。といっても店頭の物件情報を見て歩いただけだけど、結局めぼしいものは見つからず、すごすご退散してきたところだった。

「意外とないものなんだね、希望の物件って」

佐藤さんが挙げる条件が厳しいというのもあるのかもしれないけど、単身者向けの物件自体がなかなかなかないのが現状のようだった。

大学など、学生が多く暮らす家賃の安い界隈にはそれなりにあるものの、それでは『通勤に便利』という条件がクリアできない。そしてそういうところのアパートは築古物件というやつで、築年数がそれなりだ。リフォームされてきれいな部屋もあるにはあるようだけど、全ての条件を兼ね備えるとなると家賃が跳ね上がる。

「ネットで探してみたら、もっといいの見つかるかもしれない」

僕は慰め半分、アドバイス半分でそう言った。

「それか、試しにお店で聞いてみるかだね」

不動産屋の店頭に張り出されている物件情報なんて、きっと数ある中のほんの一部だけだろう。あの人たちはプロだ、佐藤さん好みの物件も案外たやすく見つけてくれるかもしれない。そしてこういうことはプロに任せるのが早い。

「お店でかあ……」

そこで彼女は臆したような顔つきになる。

こわごわといった様子で隣の僕を見返しながら、

「お店で聞いたら、後戻りできなくならないかな」

と言った。

人生の大決断でも迫られているかのような深刻ぶりだ。僕は笑ってしまわないよう
に気をつけながら聞き返した。

「後戻りしちゃだめなの？」

「だって……」

佐藤さんは言いにくそうに答える。

「ここでためらったら、二度と踏み出せない気がするんだもん」

「そうでもないだろ。いつだって踏み出せるよ」

思い立ったが吉日とは言うけど、今の佐藤さんはまだ思い立っていないくらいの段
階、みたいだった。大人になりたい、自立したいと言いつつも、その気持ちにいまい
ち確信が持てないんだろうか。もしかしたら『いい部屋』を見つけることで、それを
最後の一押しにして決めてしまいたかったのかもしれない。

僕が表情をうかがえば、隣を歩く彼女は恥ずかしそうにしている。

「でも私、二度と戻らないくらいの決心がないと、すぐだめになりそうじゃない？」

「そんな決心の要ることかな」

「私は要ると思う。その方がちゃんと続きそうだし」

佐藤さんの言うことはいちいち真剣というか、重い。

「やっぱり、理由が理由だから。続かないと子供に逆戻りしちゃいそうで」

「深刻に考えてるね。戻ったら戻ったでよくない？」

「よくないよ。私、もう二十歳だもん」

真面目な顔で唇を結んだ後、佐藤さんは僕に告げてきた。

「山口くん、お店の人と会う時もついてきてって言ったら、変かな」

「変じゃないよ、付き合うよ」

僕はもちろん即答した。

そうしないと佐藤さん、ろくに物件も見ず判押しちゃいそうだからな。

「ありがとう！」

途端に彼女の顔が明るく輝いた。

「じゃあその時はよろしくね、近いうちに電話してみるから」

佐藤さんはそう言ったけど、この分だと本当に『近いうち』かどうかは怪しいものだ。本人が迷っているくらいなんだからな。

もっとも、いつになろうと、佐藤さんが望むなら僕はいつだって付き合うつもりでいるけど。

「とりあえず、気分変えようか」

今日のところは物件も見つからなかったし。

それならせっかくの誕生日、鬱屈と過ごす理由もない。

「誕生日プレゼントを買おうよ、佐藤さん。どこがいい？」

僕が尋ねると、佐藤さんは遠慮がちにはにかんだ。

「じゃあ……欲しいって言うか、見たいお店があるの」

「わかった。どんな店？」


それで今、僕はぬいぐるみにまみれたファンシーな店にいる。

入店するなり佐藤さんは歓声を上げ、飾られていたぬいぐるみに飛びついた。

「わあ、かわいい！」

ここは駅前商店街の一角にある、ぬいぐるみだけを取り扱う小さなお店だった。

メーカーで作る既製品を売るのではなく、何人かの職人がハンドメイドの品を持ち寄って販売しているそうだけど、その品数と言ったら尋常ではない。この店一軒でサファリゾーンが開けそうなほど動物のぬいぐるみだらけだ。

並んだ棚という棚にクッションみたいなふかふかの象、フェルト素材の熊、毛糸で編まれたうさぎ、挙句の果てにはダイオウグソクムシやメンダコといったレアものまでずらりと揃えられている。どれも佐藤さんみたいな女の子が『かわいい！』と叫びたくなりそうな面構えをしていて、しかしながら僕の心に特に響くものはなかった。

　店内はかわいらしいパステルカラーで統一されており、何だか甘い匂いまで漂っている。取り扱う品が品だけに、客層は九割以上が女性だった。僕以外の男はもうひとり、明らかに彼女に引っ張ってこられた様子でそわそわしている少年がいるだけだ。

　僕は彼に、心の中でこっそりアドバイスを送る。

　――ぬいぐるみを見ているから戸惑うんだ。それを見ている彼女を見ればいい。

「見て見て、山口くん！　新作だって！」

　佐藤さんが心を奪われているのは、例によってネズミのぬいぐるみだ。

　七月の新作と銘打たれたそのネズミは、浴衣姿だった。作者によって男だと決められているのか、浴衣は渋い青の絣縞（かすりじま）だ。

「これ欲しいなあ……」

　佐藤さんは瞳をきらきらさせながら浴衣のネズミに見入っている。

　かと思うと、その隣に置かれていた革ジャンサングラスのネズミにも物欲しそうな目を向けた。

「でも、こっちもいいなあ。今までにない系統だよね、これ！」

　今までの系統というやつを知らない僕には相づちの打ちようもない。

とは言え、ぬいぐるみに夢中になっている佐藤さんはかわいい。ほっぺたを薔薇色にして目をきらきらさせ、ぬいぐるみに次から次へと目移りする様子は見ていて飽きない。僕もぬいぐるみには一切興味がないから、さっきからずっと佐藤さんばかり見ている。

「ね、どっちがいいかな？」

佐藤さんが浴衣と革ジャン、両方のネズミを掲げてみせた。

「迷うくらいなら両方でいいんじゃない。誕生日なんだし」

どうせ決めかねたし、僕はそう答えた。

たちまち佐藤さんは目を丸くする。

「そんな、悪いよ。ひとつで十分だから」

「いいって。両方買おう、その方が早い」

当初の予算を三万円と見積もっていたのと比較すれば、ぬいぐるみ二つなんて安いものだ。僕は彼女が選んだネズミ二匹を受け取って、レジまで持っていこうとした。

そこで佐藤さんが僕の袖をぐいっと掴んで、引き止めた。

「で、でも、最近ちょっと置くとこなくて！」

「そうなの？　そんなに置いてたっけ？」

確かに佐藤さんの部屋もぬいぐるみまみれだったけど。全部ネズミの。

「うん……けっこう、増えちゃって……」

佐藤さんはもごもごと、言い訳でもするみたいに答える。

薔薇色だったほっぺたはさらに色濃くなり、今では耳まで真っ赤に染まっている。

おまけに僕から目をそらし、視線を宙に泳がせていた。

何かを恥ずかしがっているようだけど、この期に及んで何が恥ずかしいのかわからない。佐藤さんの部屋がネズミのぬいぐるみまみれなのも、そのぬいぐるみを買った経緯が僕にあることも既に知っている。今更もじもじするようなことなんて――。

ぴんと来た。

「ああ、もしかしてそれで一人暮らししたいって？」

僕のひらめきはどうやら大当たりだったらしい。

佐藤さんはめちゃくちゃ慌てた。僕に飛びついてくるなり訴えた。

「ち、違うの。違わないけどちょっと違うの、それもあるけどそれだけじゃなくて！

自立したいっていうのも本当だから！」

「別に疑ってないよ」

いつになく慌てる佐藤さんがかわいくて、僕は笑いを堪えるのに必死だった。

そうか、なるほどね。一人暮らしをしたいと言う割に迷っているそぶりだったのも、いくつもある理由のどれもがなんとなくパンチに欠けていたのも納得がいった。

佐藤さんは、一人暮らしをしたい一番の理由を、僕に言ってなかったんだ。

「それなら、広い部屋に住まないようにと心掛けたけど、無理だった。

僕はにやにやしないように心掛けたけど、無理だった。

佐藤さんはきまり悪そうな顔で答えた。

「でも、一人暮らしなら部屋以外にも置けるかなって。玄関やキッチンとかにも」

それはそれはネズミまみれの部屋になりそうだ。

僕が訪ねていって、果たして落ち着けるだろうか。一抹の不安も過ぎる。

「お母さんはね、『二十歳にもなってぬいぐるみなんて』って言うの」

彼女はちょっと寂しげに、僕が手にした二匹のネズミを見つめている。

ネズミたちもつぶらな瞳で佐藤さんを見つめている。連れて行ってくれとねだっているようだった。

「だけど私にとっては宝物だし、自分のお金で買ったものだし」

佐藤さんの視線が僕に移る。つぶらな瞳で見つめてくる。

「何より、ネズミは思い出だから……大切にしたくて」

そう言われて悪い気がしない僕も大概重症かもしれない。

でも僕は、その思い出の意味を知っている。文化祭で撮ったあの写真を見た人だって、佐藤さんがネズミを集める理由にまでは思い至らないかもしれない。だけど僕は、ちゃんと聞かせてもらっているから。

「佐藤さんは、自分の城が欲しいんだね」

今度は笑わず、僕は彼女にそう告げた。

思い出をひとつ残らず持ち出して、大切に取っておくための彼女のお城。一人暮らしの部屋はそういう場所になるんだろう。

佐藤さんはゆっくりと瞬きをして、

「そう……そうだね。山口くんの言うとおり」

まるで知らない言葉を教えてもらった後みたいに、目が覚めたような顔をした。

「お城にしたかったんだ、私。……私と、山口くんの」

だけど、その時。

本当に目が覚めたのは、僕の方だったのかもしれなかった。


佐藤さんと、僕の城。


その言葉を聞いた時、僕も全くの新しい言葉を知ったような気分になった。

たちどころにイメージが広がる。脳内で見たことのない景色が浮かび上がる。

アパートの小さな部屋。玄関にも、キッチンにも、もちろん部屋にも飾られたネズミのぬいぐるみたち。それをうれしそうに眺めながらくつろいでいる佐藤さんと、そんな彼女を隣で見つめている僕――。

　そういう暮らしは、もしかしたら悪くないんじゃないかって。

　もしかしたら、最高に幸せなんじゃないかって。


　結局ネズミを選びきれなくて、浴衣と革ジャンの二匹を揃ってお買い上げした。

　そして店を出て、隣同士並んで歩きながら、僕は彼女に切り出した。

「一人暮らしするか、迷ってるんだったらさ」

　佐藤さんが怪訝そうに僕を見上げる。

「――いっそ、ふたりで暮らさない？　僕と」

　その見上げる顔が、ほんの一瞬で混乱に彩られる。

「え？　え？　山口くん……と？」

「今すぐじゃないけどね。僕はまだ未成年だし」

　僕はなるべく落ち着き払って見えるよう、呼吸を整えながら続けた。

「今日物件見てて気づいたんだけど、単身者用よりファミリー向けの方が充実してたからさ。二人暮らしの方が部屋探しやすいんじゃないかって気がしたんだ」

「う、うん……」

「それに僕、こう見えても料理できるし。掃除も洗濯も家でやってるし。バイト代貯めてるから家賃だって払える。女の子の一人暮らしよりは安全だろうしね」

語れば語るほど、そうすべきだという気持ちが強く募った。

その方が早い。そりゃ僕はまだ学生だけど、それでも佐藤さんを守り、支えていくことはできるだろう。僕だって一人暮らしの彼女を案じてやきもきしているよりかは、ふたりで暮らした方がよほど気が楽だ。

「だから、どうかな?」

一通りメリットを語った僕の問いに、佐藤さんはしばらく熟考してから、照れ笑いで応じた。

「山口くんとルームシェアなんて素敵だね。私もそうしたいな」

でもそれは、僕の望んだ答えではなかった。

なぜルームシェア。僕たちは付き合ってるんじゃないのか。

「僕たちの場合、同棲っていうんじゃないかな」

そう返せば、佐藤さんはそこで初めて気づいたというように赤面した。

「ど、うせい……そ、それって何か、大人みたい……」

「佐藤さんは大人だろ。今日で二十歳なんだから」

「そっか、そうだったね、私……」

納得はしたものの、受け止めるまでには時間がかかったようだ。佐藤さんはひとりでもじもじして、俯いて、そのままなかなか顔を上げられずに黙っていた。

だけど僕が辛抱強く待っていたからか。

やがて顔を上げて、言ってくれた。

「私も……そうしたい。山口くんと、一緒がいい」

▼二十歳の彼女と十九の僕（４）

決断した途端、全ての歯車が噛み合い、動き出したようだった。

佐藤さんもいいと言ってくれたし、ちょうどうちの両親も家にいるからと、僕は母さんに電話した。

「今日、彼女を家に連れてっていい？」

『二時間待って！　化粧するから！』

母さんが必死の声で訴えてきたので、僕たちはその分の時間を潰さなくてはならなかったけど。

「私の格好、変じゃない？　子供っぽく思われないといいな……」

佐藤さんが気にしている様子だったから、僕は待ち時間を使い、いつもひとつ結びの彼女の髪をかわいいお団子に結い直してあげた。ヘアピンやクリップを百均で買い、ネットで調べたとおりにやったら、割と簡単にできた。

「わあ……。山口くんすごい！　スタイリストみたい！」

仕上がりを鏡で確認した佐藤さんは、自分のことそっちのけで僕ばかり褒める。

せっかくかわいくなったのに。ざっくり緩めのお団子は、ひとつ結びよりもはるかに大人っぽく見える。首の後ろがすっきりして、白くてきれいなうなじが露わになっているのもいい。両サイドに残した後れ毛が、彼女が身じろぎする度にふわっと揺れるのもかわいい。完璧な仕上がりだと思うんだけどな。

だから僕は、佐藤さんに告げた。

さっきは言いそびれてしまった言葉を。

「違う、佐藤さんがきれいなんだよ」

口にしてしまってから、やっぱり気障だったような気もしてきた。もう遅いけど。

「え」

佐藤さんは一度きょとんとした。

その後で、耳まで赤くなるだけじゃ留まらず、まるで意地悪でもされたみたいにあたふたと困り果ててみせた。

「な……何を言うの山口くんっ！　そんなことないよ！　ないったら！」

それから顔を隠すみたいに深く俯いたから、僕は笑いながら彼女に言った。

「嘘じゃない、本当にきれいだ」

僕は心からそう思ってる。

二十歳になった佐藤さんは、今までで一番きれいだって。


家に連れていくことにこだわったのは、今日が彼女の誕生日だからだ。

そして、僕にとっての『思い立ったが吉日』だったから、でもある。


家では、完璧に化粧を済ませた母さんと、やはり身支度を完璧に整えた父さんが待っていた。

「いらっしゃい、佐藤さん。いつも息子から話は聞いてます。高校で一緒だったんですってね」

よそ行き服の母さんがにこやかに出迎え、佐藤さんは緊張気味に頭を下げる。

「は、はじめまして。佐藤みゆきです」

それから彼女らしくはにかんで、たどたどしく言った。

「ちょっと緊張しちゃってて……あの、失礼があったらすみません」

「あらかわいい！　ずっと娘が欲しいと思ってたところだったの！」

母さんが歓声を上げる横で、父さんも目尻を下げていた。

「うちは息子しかいないからな。若いお嬢さんが来ると、場が華やぐよ」

いつも留守を預かり掃除洗濯をこなしているひとり息子に何の不満があると言うのか、この人たちは。

まあ、かわいいのも場が華やぐのも否定はしない。佐藤さんがうちのリビングに座っただけで、見飽きた家の風景がまるで様変わりして、特別なものに見えてくる。まだ緊張した様子で、僕の隣にちょこんと座って、佐藤さんはずっとはにかんでいる。こんなにも早く、彼女を連れてくることになるなんて思わなかったな。

そして今日の特別さは、テーブルに並んだ寿司桶からも醸し出されている。

「大したものは出せないけど、せっかくだから食べてってね」

母さんが澄まして勧めたのは、家族だけの食事なら出たことのない特上寿司だ。佐藤さん家に招かれた時もそうだったけど、こういう場では寿司と相場が決まっているんだろうか。

困惑する僕をよそに、母さんは妙に張り切りながら語を継ぐ。

「佐藤さんはもう二十歳なんでしょ？　ビール飲む？」

「えっと……」

「だめだよ母さん、二日酔いだろ」

佐藤さんが困ってたみたいなので、そこは止めた。母さんには『言うな』という顔をされたけど、事実じゃないか。

ふたりとも、朝は死にかけのゾンビみたいな顔してたくせに。

僕が彼女を連れ帰っただけで何の騒ぎだ。全く。


もちろん、僕もただ佐藤さんを見せびらかすために連れ帰ったわけじゃない。

いつもと違う雰囲気の夕食が始まり、少したった辺りで切り出した。

「まだ先の話だけど、彼女と同棲したいと思ってるんだ」

「えっ、も、もう言うの？」

佐藤さんは慌てていたし、『同棲』という単語にまた頬を赤らめていた。

でも母さんは心得ていたというように、即座に頷いた。

「やっぱりね。急に連れてくるっていうから、そういう用件だと思った」

「物件見て歩いたんだけど、単身者用っていいのなくてさ」

僕が表向きの理由を告げると、どこの母親でもするような訳知り顔になる。

「それが理由？　違うでしょ、心配だからって言ってたじゃない」

「……そうなの？」

佐藤さんが、怪訝そうな目を向けてきた。

母さんめ余計なことを。僕は顔をしかめながら答える。

「もちろんそれもあるよ、女の子の一人暮らしって危険だし。一緒の方が安心できるのも確かだけど」

もっと言うなら、佐藤さん働いてるのに家事とかできるのかなとか、ちゃんとご飯作って食べられるのかなとか、不規則な生活して倒れたりしないかなとは思った。そういうものを全て口にするとさすがに傷つけそうだから、黙っていたけど。

「でも、それだけじゃない。僕だって熟慮の上で決めたんだ」

佐藤さんと一緒に暮らしたら幸せだろうな、とか。

僕にできる限りの力で、佐藤さんを守り、支えていけるようになりたいな、とか。

そういう気持ちがあるから――実はずっと前から胸の奥で燻っていたから、今日、決断できた。

「将来のことだってちゃんと考えてる。真剣なんだ。軽い気持ちで試しに、なんて考えてるわけじゃない」

両親に対してこんな真面目な話をするのもめったにないことだ。

その分、思いの丈を素直に口にできた。

「僕はこれから先もずっと、彼女を守れるようになりたい」

「守りたい、じゃないのね。正直なんだから」

母さんが呆れたようにため息をつく。

だけどそこで、

「……ありがとう、山口くん」

佐藤さんが僕に頷くと、うちの両親へと向き直る。

そして真剣な顔つきで口を開いた。

「あの、篤史くんってすごく頼りになるんです。高校時代から私が困ってたらさりげなく手を差し伸べてくれて、私が辛い時には隣にいてくれて――」

いきなり何を、恥ずかしい話をし始めるのか。

唐突な暴露もそうだけど、佐藤さんが空気を読んだことにも僕は面食らっていた。

佐藤さんですら、うちの親の前では僕を、名前で呼ぶのか。

戸惑う僕をよそに、佐藤さんは尚も続けた。

「そんな篤史くんに、私はずっと支えられてきたんです。今だってそうで、篤史くんがいてくれるから私は仕事だって頑張れるし、お休みの日がすごく楽しいんです」

もちろん、そう言われて悪い気はしない。

それに、佐藤さんに名前を呼ばれるのだって、ちっとも悪くない。

「だから篤史くんが私と一緒に暮らしてくれたら、とっても心強いです」

言い切るなり、佐藤さんはがばっと頭を下げる。

「どうか、お願いします！」

「お願いします」

僕も揃って頭を下げた。

お嬢さんを僕にください、みたいなシチュエーションだと、場違いなこともこっそり思った。

「そこまで言ってもらえるなら、是非貰ってもらわないとね」

得心したような母さんの声が、僕たちの頭上に降ってくる。

思わず顔を上げると、母さんと父さんが目を交わし合った後で僕たちを見た。

口を開いたのはやっぱり母さんの方だ。

「うちは両親揃って仕事忙しいからね。篤史には昔からひとりぼっちにさせてばかりで悪かったと思ってる」

「慣れたよ、そんなの」

僕が言うと、それでも母さんはかぶりを振った。

「今だってそうでしょ。そのくらいなら、家出て誰かいい子と一緒に暮らす方が、篤史にとってもいいのかもね」

　別に僕は、ひとりでいるのが寂しいから同棲したいって言ってるわけじゃないんだけど。


　ない、と思うけど。


　まあでも、多少考えなくはなかったかもな。ひとりきりで家にいる時、隣に佐藤さんがいたら楽しいだろうなとか。昨夜の冷やし中華だって、佐藤さんと一緒だったらもっとおいしかったかもなとか、そのくらいは。

「意外と寂しがり屋な子だけど、よろしくね、佐藤さん」

　だから違うって母さん。勝手なキャラづけしないで欲しい。

「はい！　お任せください、篤史くんを寂しがらせたりしませんから！」

　佐藤さんも。張り切って答えない。

　そういうのは僕の仕事だ。僕が、佐藤さんを寂しがらせたりはしない。そりゃまあ、両方の仕事になったところで問題なんてないだろうけど。

「ただし、条件があります」

　ふと、母さんの声が鋭くなった。

僕が目を瞬かせ、佐藤さんがしゃきっと姿勢を正したところで、

「まず、篤史が二十歳になるまでは我慢すること」

それはまあ、そうだろうと思ってた。僕たちが揃って頷くと、母さんは続ける。

「それと、今より成績は落とさないこと。留年なんて論外だからね」

「わかってるよ」

さすがにそれは僕も避けたい。同棲をしたことでマイナスの影響をもたらしたのでは一緒に住む意味がない。ここはむしろ成績を上げる方向で頑張らないと。

「そして三番目。これが一番肝心だけど――」

母さんはもったいつけるように僕と佐藤さんの顔を見回して、

「篤史が卒業するまで、子供は作らないこと」

この三番目の条件に対する、僕と佐藤さんの反応は実に対照的だった。

当然だろうと三度頷く僕の隣で、佐藤さんは面白いほど慌てふためいた。

「そ、そういうのはっ！　そういうことはまだ全然考えてないですから私たち！　本当にないですから！」

「でも一緒に住むんだから、気をつけるべきよ」

母さんが冷静な笑顔で返すと、佐藤さんは僕の方を見た後で、まるで泥沼に沈み込むかのように俯いた。

その様子がたまらなくかわいかったので、――本当に気をつけよう、と僕は思う。


終始騒がしかった食事会の後、僕は佐藤さんを彼女の家まで送っていった。

並んで歩く夏の夜道で、今日一番気になったことに触れてみた。

「篤史くん、って呼んでもらっちゃったな」

僕の言及に佐藤さんはやっぱり慌てて、俯いた。

「あっ、へ、変だったかな……」

「変じゃないよ。うれしかった」

ずっと『山口くん』と呼ばれてきたし、それが嫌だったわけじゃない。お互いに名前呼びに移行しようとして、でもなんとなく照れて、やっぱりやめようと話したこともあった。

でも改めて呼んでもらえると、うれしかった。

いい機会なのかもしれないな。彼女の二十歳の誕生日に、お互いを新しい呼び方で呼ぶのは。

「山口くんは、名前で呼ばれる方がいい？」

おずおずと僕に目を向け、佐藤さんが尋ねてくる。

僕は素直に頷いた。

「呼ばれるだけじゃなく、呼びたいって思う」

「え……私のことも?」

「そう」

ずっと考えてた。

佐藤さんを名前で呼ぶなら、どう呼ぼうか。『みゆきちゃん』は何か無性に照れるし、二十歳になった彼女には子供っぽいような気もするし、他の子もそう呼んでるところもちょっと微妙。だけど『みゆき』は僕のキャラじゃない。『みゆきさん』はやっぱり論外だ。よそよそしい。

だから、

「みゆ、って呼んでいいかな」

僕は、彼女にそう持ちかけた。

「誰とも被らない、僕だけの呼び方で呼びたいんだ」

彼女は呆けたように僕を見上げている。もしかしたら本当に、そう呼ばれたことがなかったのかもしれない。七月生まれなのに佐藤みゆき、その名前もきれいだけど、僕はやっぱり僕だけの呼び方で彼女を呼びたい。

「みゆ」

改めて彼女をそう呼ぶと、見上げる表情がじわじわと柔らかく和んだ。瞳が少し潤んでいる。唇は解けるように笑んでいる。やがてその唇が少し動いて、言った。

「なあに、篤史くん」

それから照れたようにえへへと笑って、

「あっくん、っていうのもいいかと思ったんだけど。ネズミと一緒じゃだめだよね。私も、私だけの呼び方がいいな」

と続ける。

幸いにして今のところ、僕を『篤史くん』と呼ぶのは彼女くらいのものだ。めったに会わない親戚とかはそういうふうに呼んだりもするけど、その辺はノーカン。

「好きに呼んでいいよ、みゆ」

「うん。そうするね、篤史くん」

「みゆ、これからもよろしく」

「篤史くん……こちらこそ、ずっと隣にいてね」

彼女が二十歳になった日の夜。

昔と何にも変わりなく、僕は彼女の隣にいるし、彼女も僕の隣にいる。

今日はいろんなことがあったけど、それも全てはこれから先、彼女の隣にいるためにしたことだ。僕はその為なら何でもするし、何だってできる。

そしてそれは彼女も同じだ。

僕の隣にいるために、彼女もたくさんのことをしてくれた。

『どんな時でも、いつまでもずっと隣にいられるようになりたい』

高校時代に願ってやまなかったものが、今は手の届くところにある。

夢は叶うものだなんて、口にしたら陳腐でしかないフレーズだけど、僕にとっては本当のことだ。

夢は叶う。僕は彼女の隣にいる。


幸せを噛み締める夏の夜。

二十歳になった彼女と、まだ十九の僕は、しっかりと手を繋いで歩いた。

このままふたりで、隣同士で、どこまでも歩いていこうと思う。

▼やまぐちあつしとさとうみゆき

今年度の終わりまで、気づけば二ヶ月を切っていた。

この終わりは僕と彼女にとって重要な意味を持っている。

なぜかというと来年度から、僕たちは一緒に暮らし始めると決めていたからだ。

そうして迎えた二月十四日は、僕と彼女が親元で迎える最後のバレンタインなのかもしれない。


さすがにいつかの時のように今年は宅配されてくることもなく、ちゃんと会って、手渡しにしてもらった。

「これ、手作りなんだけど……」

みゆが差し出してきたのは、確かに手作りにしか見えない品だった。

「チョコも作ったんだけど、それだけじゃ足りないかなって思って。これから必要になるものでもあるし、思い切って自分で作ってみたの」

「そ、そっか……」

そして僕は反応に困る。


彼女がその独特なセンスを発揮したことは、これまでに何度もあった。

高校時代にはフォンダンショコラを冷凍して、しかも宅配便で送ってきたし、ふたりで小旅行をするとなったら冷凍みかんを作って持ってきてくれたり――こんなものは序の口で、みゆについての愉快なエピソードは枚挙に暇がない。

でもまあ僕の方もいちいち覚えてるあたり、そういうところもかわいいと思っているのは否定しきれなかった。


ただ、今回のはさすがに戸惑った。

バレンタインデーに、付き合ってる彼氏に対し、表札をプレゼントしてくれる彼女はなかなかいないと思われる。

表札――ドアプレートという方が正しいんだろうか、とにかく玄関のドアの外側にぶら下げておいて、ここは誰々さんの家ですよと知らしめるあれのことだ。

楕円形に切り抜かれた木製のプレートにはかわいいかもしれないネズミの顔がついていて、そのネズミが抱えるようにしているのが僕たちの名前だ。

『やまぐちあつし・さとうみゆき』

全部ひらがなで、一文字ずつ、これも木製の切り抜き文字で記されている。


「ネズミ柄ってなかなかなくて探しちゃった」

彼女は相変わらず屈託がない。

「これから一緒に暮らすんだし、そういうのも要るよねって思ったの」

「ああ……うん、ありがとう」

僕はと言えば、ようやく最初の衝撃から立ち直りつつあった。

もちろん、みゆの気持ちはうれしい。別に僕はドアプレート大好きってわけじゃないけど、彼女が間近に控えた同棲生活のスタートに、前向きな気持ちを持ってくれていることがうれしい。

ただ、欲しかったかと言われると――。

「言いにくいんだけどさ、みゆ」

僕は言葉を選びながら切り出した。

「今は防犯上の理由から、表札出さない家も多いんだ。外に飾るのはどうかな」

「えっ、そうなの？」

彼女は驚きに目を瞠る。


これはうちの母さんが言っていたことだ。

二人暮らしなら表札は出さない方がいいし、家電に出る時は名前を名乗らない方がいい。

『あんたはともかく、みゆちゃんがひとりの時に何かあったら大変でしょう』

とも言われた。

僕を軽んじるあたりは実の親としてどうかと思うけど、放任主義の母さんに心配されてもそれはそれで奇妙だからいいか。

そのことを打ち明けると、みゆは納得した様子で頷いてくれた。

「言われてみたらそうだね。防犯かあ……」

仰々しい言い方をすれば、僕たちはこれから親の庇護下を離れることになる。

今までは考えもしなかったことを、自分たちで考えなくてはいけなくなるわけだ。

「すごいね、篤史くん。ちゃんと考えてるんだ」

「親の受け売りだよ」

僕は謙遜したけど、その意見を取り入れる気でいるのも事実だった。

これからは僕が彼女を守らなくちゃいけない。そう思う。

「なら、それ使えないね。作る前に聞けばよかったな」

みゆは残念そうに、僕の手元にあるドアプレートを見つめた。

僕は慌ててフォローに回る。

「外に置けないなら、家の中に飾ろう。どうせ他のネズミも持ってくるんだろ？」

「そうだね……ありがとう、篤史くん！」

すると彼女は一転、にこにことうれしそうに笑ってみせた。

その笑顔が本当に明るいものだったから、僕は二重の意味でほっとする。

ドアプレートが欲しかったわけじゃない。

でもこれを作り、来たる同棲生活に備えてくれた彼女の気持ちはとてもうれしい。

「楽しみにしてくれてるんだと思うとうれしいな」

僕はその気持ちを、素直に告げてみた。

「お互い、親元を離れるのって初めてだろ。みゆは寂しくなったりしないか、ちょっと気になってたんだ」

すると彼女は怪訝そうに目を瞬かせる。

「篤史くんは寂しいの？」

「いや僕は全然。そういう気持ちはゼロだね」

両親はあのとおり忙しい人たちだし、一人暮らし気分を早々に味わいつつ過ごしてきた僕だ。

むしろ、これから始まるひとりじゃない暮らしが楽しみでしょうがない。

まして相手は彼女だから。

「ゼロなんだ」

みゆはそこで軽く吹き出してから、考え考え答えてくれた。

「私も……ゼロとまではいかないけど、そういう気持ちはあまりないかな。お母さんとはずっと一緒だったし、おじいちゃんおばあちゃんも好きだけど、今は篤史くんと一緒にいられる時間の方が楽しみ」

そうして照れたように首をすくめてみせる。

「どうしよう、私、ホームシックにならないかも」

「ならなきゃおかしい？」

「なんか薄情じゃない？　全然ならなかったら」

「そんなことないって。同じ市内だし、いつでも会いに行けるんだし」

相変わらず彼女の心配はどこかピントがずれている。

でも、そういうところもかわいい。


みゆと別れて家に帰ると、僕は自分の部屋に直行した。

既に段ボール箱がいくつも積まれた自室で、まだ途中の荷造り作業を再開する。彼女手作りのチョコレートをつまみつつ、いい気分で私物を選り分けていく。

正直に言えば、僕は荷造りなんてまだ早いと思っていた。

でもこれまた母さんが早い方がいいと言わんばかりにせっつくから、とりあえず今使わないものから詰めていくことにした。夏服や高校時代の教科書、参考書、普段はあまり読まない本などは既にしまってある。実家から持っていく食器類も、ひとつずつ梱包材で包んで箱に収めていく。

そういう単純作業をしつつ、ふと物思いに駆られる。

みゆと同じように、僕もホームシックにはならないだろうな。

もちろん両親に思うところがあるわけじゃない。不在がちではあったけどそれは僕のために働いてくれているからで、今日まで育ててもらった恩もある。両親を変わっているなと思うことはあっても、嫌いだと思ったことはない。

ただ、離れるにあたって寂しいと思う気持ちもあまりない。

この部屋だってそうだ。

段ボールが増えていくに従い、居心地のよかった僕の部屋は殺風景になっていく。

ここで過ごした思い出もなくはない。どちらかと言えばそれは思い出というより、身体に染みつく習慣めいた記憶だったりするけど——ベッドから見上げる天井、机に頬づえをついた時に向き合う壁、電話中にもたれた窓からの景色、そういうものが全部なくなるのはほんの少し複雑だ。

この部屋で、散々悩んで眠れぬ夜を過ごしたことも。

頬づえをついて、彼女からの連絡を待った時間も。

電話をしながら何気なく外を見て、会いに行けたらなと思った気持ちも――。

なくなってしまうのは、寂しい、かもしれない。


これもホームシックのうちに入るんだろうか。まさかな。

僕はひとりで苦笑して、彼女手作りのチョコレートを一粒、口の中に放り込む。今年のは文句なしにおいしい。

それから貰ったドアプレートを眺めてみる。

かわいいかもしれないネズミの柄の、楕円形の木製のプレートには、同じく木でできた文字ブロックでこう記されていた。

『やまぐちあつし・さとうみゆき』

彼女はどんな気持ちで僕の名前をここに並べ、接着剤でひとつひとつくっつけてくれたんだろう。

そう思ったらいてもいられなくて、さっき会ったばかりだっていうのに電話をかけた。


『――篤史くん？　どうかしたの？』

「ちょっと声が聴きたくなって」

『そっか。私も、もうちょっと話したいって思ってたの』

電話の向こうで彼女が笑う。

声だけは、高校時代と何にも変わらない。

僕は窓にもたれて暮れゆく空を眺めつつ、彼女と話ができる幸せを噛み締める。

「今、何してた？」

『私ね、荷造り始めてたの。まだ全然早いかなって思うんだけど、お母さんたちは早めの方がいいって』

どうやらどこの家でも、親は子供の巣立ちを急かし立てるものらしい。

「うちもだよ。ちゃんとやってるかって、最近はそればかりだ」

『そっか。でもあんまり急いだら、お部屋の中ががらっぽになっちゃいそうだね』

笑う彼女の声は、僕が思っていたよりもずっと明るく、朗らかだった。

この声を毎日、直に聴けるようになる日ももうすぐだ。

そう思うとほんのわずかな感傷も押し流されて、あっという間にわくわくする気分に変わってしまう。

僕と彼女はもうじき、本当に部屋をからっぽにする。

寂しい、かもしれない。ほんのちょっとは名残惜しくも思うかもしれない。

でも新しい暮らしではもっとたくさんの思い出ができるはずだから――やっぱり、ホームシックになってる暇なんてないだろうな。

▼僕たちの二人暮らし

ホワイトデーのお返しはキーリングにした。

これから二人暮らしをするにあたり、部屋の鍵を失くしてしまわないように。

「わあ、すごくかわいい！」

贈ったキーリングを、みゆは歓声を上げて受け取ってくれた。

レザー製のチャームはかわいいネズミを模っていて、ラインストーンのドレスを着ている。これを見つけるのに店を何軒回ったことか。

「ありがとう篤史くん。大切にするね！」

「どういたしまして」

一目見て気に入ってもらえたのがわかり、僕もすっかりうれしくなった。

「でもネズミグッズって、見つけるの大変だったんじゃない？　私もネームプレート作る時そうだったもん」

「大したことないよ」

足を棒にして探し回ったのは事実だけど、そんなことはいちいち言う必要もない。

そしてせっかく見つけた貴重なネズミグッズだから、僕もお揃いで買うことにした。こちらはタキシードを着たネズミのチャームで、蝶ネクタイ部分がラインストーンだ。僕が持つには子供っぽい気もしたけど、誰かに聞かれたら『彼女に合わせたんだ』って言えばいい。

「お揃いってなんかうれしいね」

にこにこする彼女の目の前で、僕は二つのキーリングに新しい鍵を取りつけた。

不動産屋から譲り受けたばかりの、僕たちの新居の鍵だ。


そして迎えた引っ越し当日、僕とみゆは揃って新居に足を運んだ。

国道沿いに建つ小さなアパートの二階が僕たちの部屋だった。駅まではバスに乗る必要があるけど、バス停までは徒歩五分というまずまずの良物件だ。日当たりも悪くなく、近所にはコンビニやドラッグストアも揃っている。

外階段を上がり部屋の前まで辿り着くと、彼女はそわそわキーリングを取り出す。

「わ、私、開けてみてもいい？」

声が上擦るくらい前のめりに聞かれたら、最初の鍵開けは譲ってあげようという気にもなった。

「どうぞ」

「ありがとう！　じゃあ早速……」

ネズミのチャームが揺れ、鍵がくるりと回る。

ドアがゆっくりと引き開けられ、まだ生活感のない、新しい建物の匂いがした。

僕たちが引っ越してくる前にリフォームが入ったそうで、築年数の割に内装はきれいだ。玄関から入って左手側にトイレと洗面所とバスルームがあり、正面の扉を開けるとダイニングキッチンに繋がっている。その奥にさらに二部屋という二ＤＫだ。

「わあ、ひろーい！」

みゆはうれしそうにダイニングを覗き、その奥の二部屋も代わるがわるドアを開けてみせた。

広いのは当たり前のことで、まだ僕たちの引っ越し荷物は一切届いていない。今日はこれから二件の引っ越し業者を迎え入れる予定になっている。さすがに時間はずらしてもらったけど、のんびりしている暇はなさそうだ。

「でも、一日で片づけようなんて思わなくていいんだよ」

とは、引っ越し経験があるみゆのお言葉だ。

「無理しないで少しずつやっていこうね、篤史くん」

「経験者のお言葉はためになるな」

僕はこれまで引っ越しなんて一度もしたことがない。だからわからないことは全部みゆに聞こうと思っている。

彼女の方は僕に教えを乞われるのが新鮮で仕方ないらしい。胸を張って言われた。

「何でも聞いてね。私も一回しか引っ越したことないけど……」

「僕からすれば十分、先輩だよ」

「せんぱい……えへへ、照れちゃうな」

空っぽの部屋を背に、みゆがうれしそうに笑う。

カーテンもまだない窓から、春の陽射しが降り注ぐ。白い壁紙もフローリングの床も、そして彼女の髪もきらきら光っている。

その何とも言えない非日常感に、僕もらしくもなく浮かれ始めていた。


やがて引っ越し業者のトラックがアパート前に到着した。

段取りどおり、先に着いたのはみゆの荷物だ。これは僕も手伝って、奥の西側の部屋に運び込む。見覚えのあるカラーボックスや青いカーペット、それに『ぬいぐるみ一』『ぬいぐるみ二』と通し番号が書かれた段ボールなどで、広かった部屋はあっという間に狭くなる。

お昼の休憩を挟んだ後、僕の荷物もやってきた。僕の方は彼女よりも荷物が多めだ。というのも親の厚意で実家にあった使ってないテレビやら、テーブルやらも一緒に持ってきたからだ。

奥の二室もダイニングも、あっという間に段ボールと家具でいっぱいになった。

そして業者が帰った後、僕たちはふたりで荷ほどきを始める。

まずはお互いの部屋の段ボールを開き、当面の衣類をクローゼットにしまう。ベッドは今夜から使えるように整え、脚立を使ってカーテンも取りつける。僕の場合、勉強机を優先して本棚の本は後回しだ。

みゆはと言えば、早速カラーボックスにネズミのぬいぐるみを並べ始めている。その熱心さ、陰からこっそり観察しても気づかれないほどだった。

お互いの部屋が粗方済んだところで、今度はキッチンとダイニングに取りかかる。

彼女が食器の梱包を一枚一枚解いて、食器棚に並べる。その間に僕はテレビのチャンネルをセッティングして、スピーカーと繋いでおく。電話、ガス、水道はどれも開通済みだけど、冷蔵庫だけはすぐ使えないのが惜しい。

でも、次第に僕たちの新しい部屋が出来上がっていくのがわかる。

「台所、大体終わったよ」

みゆがそう声をかけてきた時、僕も全部の部屋に照明を取りつけ終えていた。早速明かりを点けてみる。外はもう、日が暮れはじめていた。

「晩ご飯、どうしようか？」

僕がダイニングの窓のカーテンを引くと、みゆが尋ねてきた。

冷蔵庫がまだ使えないので今日は生ものの買い物はしないと決めている。それにお互いくたくたになった引っ越し当日、無理にキッチンに立つ必要もないだろう。

「デリバリーでも頼もうか」

「いいね！　やっぱりお蕎麦にする？」

「蕎麦にこだわらなくてもいいよ。引っ越しピザでも、引っ越し寿司でも」

みゆが『引っ越しピザ』というフレーズに目を輝かせたので、初日の夕飯はピザを取ることにした。

ピザはベーコンポテトとバジルシーフードの二種類。

お腹が空いていたからナゲットとポテトとシーザーサラダも頼んだ。肉体労働の後はこのくらい食べないとやってられない。

飲み物は近くのコンビニで調達して、ピザが届いたところで乾杯をした。

「今日はすごく働いた感じがするね」

ピザを頬張るみゆが、しみじみと呟く。

「単純な肉体労働だもんな。明日あたり、筋肉痛かも」

「私も。湿布の臭いさせてたらごめんね」

貼る前から謝るところは、みゆらしい慌てぶりだと思った。

でも、今日からは僕とみゆの二人暮らしだ。

お互いを尊重し合うのも大事だけど、気をつかいすぎず、時々は甘えてもらえるような生活ができたらと僕は思う。

「そんなこと気にしないのに」

僕が言うと、彼女は気後れしたような顔をする。

「でも……」

「たとえ湿布の臭いしてても、僕はみゆが好きだよ」

何気ない口調でそう告げてみた。

すると彼女はあたふた俯く。

「あ、篤史くん……えっと、コメントに困るから……」

困られてしまった。

これからの二人暮らしにあたり、素直になることも大事だと思ったんだけどな。

みゆが疲れていたようだったから、お風呂の順番は先に譲ってあげた。

「篤史くん、お次どうぞ」

「ありがとう」

湯上がりの彼女に声をかけられ、新居のバスルームに向かう。

洗い場もバスタブも見慣れないバスルームで、日中かいた汗と疲れを洗い流した。髪を洗う時、僕のシャンプーの隣に見慣れないシャンプーがあって、みゆのだなと思う。

思えば彼女の髪はいつも女の子らしい、いい匂いがしていた。何のシャンプーを使っているのか気になっていたけど、それを聞くのはちょっと変態じみているかなと控えていたところだった。

そういうものも、これからは知っていくようになるのかもしれない。

高校時代を一緒に過ごし、卒業してから二年も付き合ってきた。それでも彼女について知らないことがあるのが不思議だったし、どうしてかうれしくも思う。これからの毎日を想像して、わくわくしてくる。

「上がったよ。……あれ？」

髪を乾かしてから部屋に戻ると、明かりのついた僕の部屋のベッドにみゆがいた。

パジャマ姿の彼女がその身体を丸めて、すやすやと寝入っていた。

僕たちの新居にはベッドがひとつしかない。みゆはずっと布団派だったけど、古い布団だから持ってこないことにしたそうだ。でもベッドは慣れないから、隣に僕が寝て、落ちないように壁になってあげることになった——というのは誰にでもわかるようなただの口実だ。

ただいくら慣れないからって、掛布団の上に寝てなくてもいいと思う。

「みゆ、風邪引くよ」

「んー……」

彼女は小さく唸ったけど、起きる気配はなかった。

よほど疲れてたんだろうか。それとも一旦寝入ったら起きないタイプ、とかかな。

「……仕方ないな」

僕は彼女の身体を少しだけ押しやり、その下から掛布団を引っ張り出した。

そして起きない彼女と、その隣に忍び込む僕の上に掛けた。

背後からみゆの身体をぎゅっと抱き締めてみる。湯上がりの彼女はぽかぽかと温かく、例のシャンプーの匂いがした。これから毎日この匂いの中で眠りに就くんだと思うと、ささやかだけど、深い幸せを感じる。

二人暮らしっていいいな。

始まったばかりだというのに僕はすっかり満足して、目をつむった。

そうしてどれくらいたった頃だろう。

僕がうとうとしかけた頃に、腕の中でびくっと彼女が身じろぎをした。

「あっ！　ごめん、私、寝ちゃってた……！」

「別にいいよ、寝てても。疲れてたんだろ」

今日は忙しかったから。僕はそう思うけど、みゆの気持ちは違ったらしい。

「同棲初日に寝落ちって格好悪いもん」

そう言って、まるで目覚めようとするみたいにかぶりを振る。

「じゃあ、もうちょっと起きてる？」

こんな時間だけど。

僕の問いに、彼女は黙ったまま、布団の中でゆっくりとこちらを向く。

明かりを消した部屋の中でも、みゆの顔がはにかむのがよく見えた。

僕たちの二人暮らしはこんな調子で、けっこう幸せに始まった。

▼私たちの桜の季節

『次は東高校前、東高校前――』

バスのアナウンスが母校の名前を読み上げる。

私は車窓から外を覗いた。バスが向かう道の先、懐かしい校舎を一目見たくて。

すると古い校舎やグラウンドのバックネットよりも早く、ピンクの桜並木が見えてきた。ちょうど満開の時期で、わたあめみたいにふわふわの並木道が続いている。

「篤史くん、桜咲いてる」

隣に座る篤史くんに囁くと、彼も私越しに窓の外を見て、それから目を細めた。

「本当だ、四月だもんな」

この春から二人暮らしを始めた私たちは、買い物を済ませて一緒の部屋に帰る途中だった。平日は私が仕事、篤史くんは大学があるから、週末のお休みにはふたりで買い出しに行く決まりだった。

新しく住み始めた部屋から郊外のショッピングモールまではバスで行く。その途中、私たちの母校前を通るんだって知ったのもつい最近のことだった。

桜の季節、来たんだなあ。

「ね、ちょっと見ていかない？」

「いいよ、そうしよう」

私の顔を見た篤史くんが、心得たように頷く。

他にも降りるお客さんがいたから、降車ボタンを押す必要はなかった。バスはエンジン音を立てながらバス停前に停まり、私たちはいそいそと乗降口へ向かう。


校門前に、篤史くんと並んで立ってみた。

土曜日だけど、校門もその先に続く生徒玄関も扉がうっすら開いていた。登校日にはいつも全開になっていたから、きっと部活の子が閉めないで行ったんだろう。

校舎の裏手にはグラウンドがあるはずで、そこから何か運動系の部活の掛け声らしきものが聞こえてくる。三階にあった音楽室の窓からも、音を合わせるたくさんの楽器の音が響いている。吹奏楽部も練習をしているようだった。

「お休みの日に学校来るの、そういえば初めてかも」

私が言うと、篤史くんはちょっと口元をほころばせた。

「帰宅部ならそうかもな。僕も高校ではあったかどうか」

「なんか、知らない顔を見ちゃった感じ」

「東高の？」

さらに笑う篤史くんに、つられて私も笑ってしまう。

きっと懐かしいだろうなって思っていた。母校を訪ねたらいろんな思い出が蘇ってきて、少し切なくなったり、胸が締めつけられたりするんじゃないかって。

でも校門前から見上げた校舎は午後の陽射しをいっぱいに浴びて、窓ガラスを白く光らせていた。ここから校舎を見るのは登校する朝くらいだったから、こんなふうにぴかぴかの窓が並んでいるのは初めての景色だった。懐かしさよりも、新鮮だなあって感心する気持ちが込み上げてくる。

「工藤(くどう)先生、まだいるらしいよ。挨拶してく？」

篤史くんが名前を挙げたのは、かつての担任の先生の名前だ。

「そうなんだ！　先生、お元気かな」

私たちがC組の生徒だった頃の先生とは、卒業以来ずっとお会いしていない。あれから二年、年賀状だけは欠かさずやり取りしていたけど、お変わりないだろうか。

「でもどうかな、中に入ったら怒られない？」

「校舎は無理だな。部活の練習中ならいけるかもしれないけど」

「やめとこっか、私たちもう部外者だし」

ご挨拶をしたい気持ちもなくはなかったけど、もう大人になった今、気楽な気持ちで訪ねていく気にはなれなかった。先生はお仕事で来ているんだから、邪魔をしちゃいけない。そう思った。

「そうだよな、いい大人が遊びに来る場所でもない」

篤史くんも納得した様子で言って、校庭を指差す。

「じゃあ、桜だけ見ていこう」


校庭の桜並木は、学校前の道に沿って数十メートル続いていた。

桜はちょうど七分咲きみたいで、でも四月の強い風に少しだけ散り始めている。霞んだ青空の下、柔らかくて優しいピンクの並木の前をふたりでゆっくりと歩いた。

花びらが舞う風は春らしく、土と緑の匂いがする。そこにお日さまの匂いが混ざると、不思議と気分がうきうきしてきた。お弁当もないし公園でもないけど、買い物袋も提げてたりしてるけど、ふたりでピクニックに来たみたいだ。

「きれいだね」

浮かれた私の言葉に、篤史くんが頷く。

「うん。在学中はそこまで気に留めたこともなかったけど」

「そう？　私は毎年楽しみだったよ、桜の季節」

家の近くには桜の木はなかったし、家族でお花見に行くこともあまりなかった。でも登校さえすれば桜が見られるから、この時期は学校に通うのがちょっと楽しみになっていた。

「みゆはそうだろうね」

納得した様子の彼が、ふと足を止めて桜を見上げる。

梢に向けた目を細め、しばらくしてからこう切り出した。

「昔さ、『大人になってから見る桜は、子供のままで見ているよりもきれいだ』って僕に教えてくれたの、覚えてる?」

その言葉——考え方には覚えがあった。高校時代の私は確かにそんなことを思っていたからだ。

でも、篤史くんに話した記憶はない。

「それ、いつ頃の話? 篤史くんにそんなこと言ったかな?」

聞き返すと、篤史くんは複雑そうに肩をすくめた。

「覚えてないか……でも僕は覚えてるよ。三年に進級する直前のことだ」

「隣の席だった頃だよね」

「そう。みゆが『今年の桜は去年よりも絶対きれいだ』って妙に自信ありげに言うからさ、僕は桜なんて毎年同じように咲くものだし、きれいなのも当たり前だと思ってた。でも——」

春風が桜を揺らす。

花か葉か、揺れるたびにさらさらと音が鳴る。

「みゆの言葉で、僕も思ったんだ。桜が毎年同じように咲かないなら、今年の方が去年よりもきれいだって思うなら、変わらないものなんて何もないんだって。花も、人間も、それ以外のどんなものだって、みんな変わっていくものなんだって」

風に乗る花びらがひとひら、目の前を横切った。

思わず目をつむった私に、篤史くんの穏やかな声が降ってくる。

「あの時、『佐藤さん』が僕よりずっと大人に見えたよ」

私は再び目を開いた。

目の前にいるのは二十歳になった篤史くんで、顔つきも高校時代よりずっと凛々しく大人っぽい。そして優しい笑顔で私を見下ろしている。その眼差しが春みたいで温かくて、ああ幸せだなって唐突に思ったりする。

「私が篤史くんより大人だったことなんてあったかな」

「あったよ。……むしろ、ずっとそうだったのかもな。気づけなかっただけで」

照れ笑いの私に真剣な口調で応じた後、篤史くんは続けた。

「みゆから見て、今年の桜はどう？」

それで私も桜並木と、その向こうにそびえる母校を改めて見上げた。

春らしい青空とふわふわの桜のピンクはきれいで、コンクリ造りの校舎の白とも灰色とも言えない外壁は記憶の中にあって、でも午後の光をぴかぴか跳ね返す教室の窓は新鮮だ。吹奏楽部の楽器の音も偶然止んで、強い風と木々の揺れる音だけがする。

こんなに風が吹いていても寒くない。

いいお天気で、春で、そして篤史くんが隣にいるから。

「やっぱり、今までで一番きれいかな」

小さな頃にお父さん、お母さんと見た時よりも、高校時代にこの東高校で見た時よりも、今年が一番きれいだ。

あの頃は想像もしていなかった。私が誰かと一緒に桜を見に来ること、学生時代を幸せな気持ちで振り返られること、そしてその時以上に、今が一番幸せだって思えること。

「たぶん来年は、もっときれいだって思うよ。再来年はそれ以上に」

私は胸を張る。

「だからまた一緒に見ようね、篤史くん」

篤史くんはまた目を細め、少し眩しそうにしながら言った。

「当たり前だよ。みゆの方こそ、これは忘れないで欲しいな」

「忘れないよ。篤史くんほど記憶力よくはないけど」

「あ、僕がよすぎるのか。みゆのことはなんでも覚えてるな……」

独り言のように付け足されたその言葉が、ちょっとくすぐったかった。


それから私たちは再びバスに乗り、桜咲く母校を離れた。

ほんの十分程度の寄り道だけど、私たちはすっかりいい気分だった。バスの後方、ふたり掛けの席に並んで座って帰途につく。

あの頃と変わらないことがひとつだけ。

私の隣には、篤史くんが座っている。

高校時代によくペンを回していた大人っぽい手が、あの頃よりも近くにある。私がその手に触れたら、黙って繋いで、ぎゅっと握ってくれる。隣を見たらうれしそうに笑っていて、私もつられて笑ってしまう。

変わらないことはひとつだけ。あとは何もかも変わってしまったけど、それでいいって私は思う。

だって、隣に篤史くんがいる。

来年の桜もすごく楽しみだ。

隣の席の佐藤さん2

2020年2月5日　初版第一刷発行

著　者　　森崎緩
発行人　　長谷川　洋
発行・発売　株式会社一二三書房
〒101-0003
東京都千代田区一ツ橋2-4-3 光文恒産ビル
03-3265-1881
http://www.hifumi.co.jp/books/

印刷所　　中央精版印刷株式会社

ISBN 978-4-89199-615-4